20 tarinaa rakkaudesta

20
tarinaa
rakkaudesta

Taitto: Books on Demand
Päällys: Iina Lievonen
Kustantaja: Books on Demand GmbH, Helsinki, Suomi
Valmistaja: Books on Demand GmbH, Norderstedt, Saksa

ISBN: 978-952-498-762-2

Sisällys

Mikä on sen ihanampi novelliaihe kuin rakkaus? Jokainen meistä on sen kohdannut, ja jokaisella on siitä omakohtaista kerrottavaa. Ei siis ihme, että lukijamme tarttuivat innolla aiheeseen. Kirjoituskilpailumme suosio ja taso kertovat, että Cosmonaiset ovat analyyttisia ja runollisia rakastumisen asiantuntijoita. He tietävät, että rakkaudessa piilee mahdollisuus, jos ei elämänpituiseen lovestoryyn, niin ainakin ihmisenä kasvamiseen. Kaivakaa nenäliinat esiin ja antakaa tosielämän tarinoiden viedä.

Kiitokset vielä kaikille kilpailuun osallistujille.

JOHANNA FALCK
Päätoimittaja, Cosmopolitan

Hanna Patjas
Ikuisesti meidän

K aikki alkoi eräänä kesäisenä iltana. Kävelin kohti järven rantaa, aurinko näkyi suurena kiekkona taivaan rannassa. Sen viimeiset säteet siivilöityivät mäntyjen rosoisten kylkien välistä tielle. Oli oikea intiaanikesä, iltakin oli lämmin ja tuuli puhalsi kevyesti pellon ylitse. Mustat pitkät hiukseni hulmusivat, kun viiletin alamäkeä alas. Lokit kirkuivat iltalennollaan. Huokasin ja hymyilin itsekseni, tästä kesästä aikoisin nauttia syksyn ensimmäisiin sateisiin asti.

Viimeinkin järvi pilkotti puiden takaa. Ranta oli autio, mutta hiekassa näkyi paljaiden varpaiden jälkiä, jotka kertoivat, että päivällä rannalla oli ollut elämää. Loin katseen järven selälle. Kaukana toisella rannalla näytti liikkuvan moottori vene, sen epämääräinen säksätys kantautui korviini.

Nappasin kassini olaltani ja pujahdin rannalla olevaan pukukoppiin. Kaivoin laukustani uimapuvun, jonka olin muutama päivä sitten ostanut kaupungista. Sujautin sen äkkiä päälleni ja kiedoin ison pyyhkeen ympärilleni. Tuntui ihanalta, kun paljaat varpaat upposivat lämpimään rantahiekkaan. Sipsuttelin laiturille ja vilkaisin ympärilleni. Kaikkialla oli rauhallista. Koetin varpaallani vettä. Ei se nyt niin kylmää ollutkaan, ajattelin.

Otin laiturilla muutamia askelia taaksepäin, sitten muutaman juoksuaskeleen ja hyppäsin veteen. Vesi pärskähti ja rantakaislikosta lehahti sorsapariskunta lentoon.

Uin kohti järvenselkää ja sukseltelin matkalla. Suunnistin etuoikealle ja yritin etsiä jaloillani korkeaa, tuttua kiveä. Viimein jalkani osuivat sen limaiseen pintaan. Kipusin sen päälle seisomaan ja vilkaisin laiturille.

Silmäni aukenivat lautasen kokoisiksi ja suuni loksahti auki. Kirkaisu oli nousemassa syvältä kurkusta, mutta jotenkin sain pidettyä itseni hiljaa.

Laiturilla seisoi tummahiuksinen nuori poika ja katsoi minuun päin. Mieleni teki vajota syvälle järven pohjaan. Kauankohan tämä nuorukainen oli katsellut puuhailuani vedessä? Tunsin punastuvani päästä varpaisiin.

"Moi!", huudahti poika ja vilkutti kädellään minulle.

"Mooiii!", huudahdin takaisin, mutta juuri sillä sekunnilla tasapainoni petti ja mäiskähdin takaisin veteen. Vilkaisin poikaan päin, väänsin suloisimman hymyni ja lähdin uimaan kohti laituria.

"Oli neidillä aika komea lento", poika sanoi virnistäen ja tarttui käteeni auttaakseen minut ylös vedestä. Naurahdin itsekseni ja kiedoin pyyhkeen ympärilleni. Laiturille jäi märkiä jalan jälkiä.

"Sua ei olekaan näkynyt täällä aikaisemmin", sanoin reippaalla äänellä ja vilkaisin poikaan. Pojan tummissa silmissä oli ilkikurisuutta, mutta myös lempeyttä.

"Joo, mä käyn täällä vaan kesäisin. Nyt tulin kattomaa noita katiskoita", poika vastasi hymyillen.

Hymähdin ja keskityin kuivaamaan hiuksiani, josta tippui vettä yhtenä norona.

"Et sä sattumoisin osais soutaa?" poika kysyi.

"Soutaminen ja huopaaminen kyllä onnistuu", sanoin nauraen ja näytin kieltäni.

"Olisikohan neidillä aikaa tulla soutamaan venettäni?" hän kysyi huvittuneena.

"Totta kai herraa täytyy hädässä auttaa. Kunhan paattisi ei vain uppoa keskelle järveä. Kai sulla on uimataito tallella?" kysyin hihittäen. Poika vastasi kysymykseeni hymyllä.

"Niin mä oon muuten Mika", poika sanoi ja ojensi kättään minua kohden.

"Kikka vaan", sanoin hymyillen ja tartuin pojan käteen. Katselimme hetken toisiamme silmiin, kunnes Mika hymähti hiljaa ja lähti kävelemään kohti veneitä. Katsoin häneen peräänsä ja sen jälkeen paljaisiin varpaisiini. Tie veneiden luokse oli havunneulasten peittämä ja teki kipeää, kun neulaset painuivat vasten jalkapohjaani. Vääntelehdin ja hihittelin kävellessäni. Mika kääntyi kannoillaan katsomaan minua ja repesi raikuvaan nauruun. Hän otti reippaita askelia minua kohden.

"Tuleekos neiti reppuselkään?" Mika kysyi. En osannut muuta kuin tirskahtaa vastaukseksi. Hyppäsin Mikan selkään ja kiedoin käteni hänen hartioidensa ympärille. Veneelle ei ollut enää pitkä matka.

Mika tipautti minut selästään pois ja alkoi irrottaa veneen köysiä reippain ottein. Ilta oli jo alkanut hämärtyä ja usva alkoi liikkua järven pinnalla aavemaisesti. Rantapusikossa risahti jokin, se sai kylmät väreet kulkemaan pitkin selkäpiitäni. Lopulta saimme työnnettyä veneen veteen ja laitettua airot paikoilleen. Istuuduin soutajan paikalle ja tunsin, kuinka vene irtosi rannasta. Airo loiskahti veteen ja vesiroiskeet lensivät suoraan Mikan päälle. Yritin soutaa kuin ammattilainen, mutta siitä oli kuitenkin jo monta vuotta, kun olin viimeksi soutanut venettä. Toisen puolen airo loiskahti veteen kahta kovemmin ja vene heilahti. Tavarat liikkuivat veneen pohjalla ja kolisivat kamalasti.

"Shhh! Pelästytät kaikki kalat", Mika tirskui vatsaansa pidellen.

Purskahdin nauruun iloisesti ja koko järvi kaikui meidän räkätyksestämme. Onnistuin kuitenkin soutamaan keskelle järveä melko hiljaisesti, vaikka hampaani kalisivat vasten toisiaan. Olisi pitänyt pukea vaatteet päälle, ajattelin. Ilta oli viilentynyt ja märässä uimapuvussa alkoi paleltaa. Mika oli huomannut sen ja nousi seisomaan. Hän alkoi ottaa huteria askeleita kohti minua.

"Hullu!" huudahdin säikähtäneenä. Se tästä vielä puuttuisi, että koko vene kaatuisi. Vene keikkui uhkaavasti puolelta toiselle. Silmissäni näkyi pelkoa ja suuttumusta, kun Mika pääsi viimein viereeni istumaan. Hän avasi takkinsa ja kaappasi minut kainaloonsa.

Hän katsoi minua syvälle silmiin ja sanoi hymyillen: "Taisi neitiä vähän pelottaa."

Minä vain katsoin hänen silmiinsä ja suuttumukseni oli tipotiessään. Mikan läheisyys sai perhoset leijumaan vatsassani ja tunsin suuni kuivuvan. Mika silitti hiuksiani ja hänen karhea kätensä sipaisi poskeltani hiukset pois. Hänen pehmeät huulensa koskettivat hellästi omiani. Tuntui aivan siltä kuin olisin lähdössä lentoon. Olin ennenkin suudellut poikaa, mutta tämä tuntui jotenkin erilaiselta kuin aiemmin. Piti oikein nipistää kättä, jotta varmistuisin, ettei kaikki ole unta. Mutta kun avasin uudelleen silmäni, hän istui edelleen siinä minua katsellen.

Jossain syvällä sisimmässäni tiesin, että tästä tulisi jotain paljon isompaa, kahden ihmisen suurenmoinen rakkaustarina. Mika tarttui käteeni ja minä katsoin taivaanrantaan ja hymyilin. Tätä kesää en tulisi koskaan unohtamaan, enkä tätä iltaa. Viimeinenkin lokki hävisi puiden taakse ja järvelle laskeutui käsin kosketeltava hiljaisuus. Vain me kaksi kuulimme toistemme hengityksen.

EEVA OJASTI
Minun Jennini

T apasin Jennin ensimmäistä kertaa parhaan kaverini
Jessen syntymäpäiväkutsuilla. Olin viisivuotias, mutta
muistan ensi tapaamisemme elävästi: olin juuri voitta-
nut onginnassa pienen punaisen muoviauton. Se oli upea, kiiltävä
ja nopea, hienoin leikkiauto, jonka olin ikinä omistanut. Kun sitä
veti lattiaa vasten taaksepäin, se lähti ajamaan hurjaa vauhtia
eteenpäin. Olin siitä todella ylpeä, ja muut pojat olivat erittäin
kateellisia, mikä vain lisäsi nautintoani. Onnea kesti kuitenkin
vain hetken. Jenni varasti auton minulta, nappasi sen röyhkeästi
kädestäni, eikä suostunut antamaan sitä takaisin. Jenni tarjosi
tilalle omaa palkintoaan, mutta se oli typerä vaaleanpunainen
yksisarvinen, ja tiesin, että se oli tyttöjen lelu. Vaadin autoani ta-
kaisin, mutta Jenni piilotti sen selkänsä taakse ja pudisti päätään.
Olisin ottanut sen väkisin, mutta Jenni oli aika iso tytöksi, ja
lisäksi pelkäsin, ettei se tappelisi samojen sääntöjen mukaan kuin
me pojat. Ajattelin, että se saattaisi vaikka yrittää pussata, enkä
ollut valmis ottamaan sellaista riskiä. Valitin asiasta Jessen äi-
dille, mutta hän sanoi, etten saanut riidellä Jennin kanssa, koska
Jenni oli tyttö ja vuoden minua nuorempi. Sen päivän jälkeen en
ole oikein luottanut naisiin.

Tytöt alkoivat kiinnostaa minua joskus teini-iässä. Ensin nii-
hin ei kiinnittänyt yhtään huomiota, ja sitten yhtäkkiä tajusi,
että niitä on kaikkialla, ja että ne ovat mystisiä ja kiehtovia. Jes-
sen isällä oli autotallin perällä iso työkalupakki, jonka sisällä oli
salainen kätkö täynnä aikuisten lehtiä. Katselimme siellä salaa
poikien kanssa kuvia alastomista naisista, syvässä hiljaisuudessa
ja asiaankuuluvalla vakavuudella. En voinut ymmärtää, miksi

vartaloni reagoi niin oudosti alastomien naisten kuviin, ja miksi luokan tytöistä oli yhtäkkiä tullut niin kiinnostavia...

Olin vielä lukiossakin aika ujo. Tytöt pelottivat minua. Ehkä se Jennin ensitapaaminen oli traumatisoinut minut. Sitten kuvaan astui alkoholi ja pienen hiprakan tuoma itsevarmuus. Ellei alkoholia olisi olemassa, suomalaiset olisivat kuolleet sukupuuttoon jo aikoja sitten. Olin hiljainen kaveri, en pitänyt itseäni mitenkään erityisen kiinnostavana enkä ymmärtänyt, miksi tytötkään kiinnostuisivat minusta. Pari olutta kuitenkin muutti sen, ja pari lisää sai minut aika puheliaaksi. Aloin käydä kaiken maailman kotibileissä, uskalsin lähestyä tyttöjä, ja siinä sitä sitten mentiin... Ensin oli ensimmäisen suudelman, sitten ensimmäisten treffien ja lopulta ensimmäisen seurustelusuhteen vuoro. Sitten otin ensimmäiset haparoivat askeleeni seksin maailmassa. Ensin se oli pelkää sähläystä. Olin tyytyväinen, jos löysin perille ja tulin. Kesti aika kauan ennen kuin ymmärsin, että voin tehdä sängyssä muutakin ja että tytötkin voivat nauttia siitä.

Muutin lukion jälkeen pieneltä paikkakunnalta isoon kaupunkiin opiskelemaan. Opiskeluelämä oli mahtavaa. Oma asunto, ei vanhempia vahtimassa, nuoria ihmisiä nauttimassa vapaudesta ensimmäistä kertaa elämässään. Oli bileitä, etkoja, jatkoja, jatkojen jatkoja ja taas uusia bileitä. Olin kai joskus jollain luennollakin, mutta siitä ei ole jäänyt mitään pysyviä muistoja. Mikä parasta, huomasin että tyttöjen kanssa alkoi mennä paremmin. En enää pelännyt tyttöjä, uskalsin lähestyä niitä bileissä ja sain melkein aina jonkun lähtemään mukaani kotiin. Olin tytöille herrasmies, tarjosin juotavaa, tanssitin, kehuin niitä kauniiksi ja kuuntelin. En haluaisi sanoa, että olin se paska jätkä, joka ei soita seuraavana päivänä, mutta olin se paska jätkä, joka ei soita seuraavana päivänä. Eikä sitä seuraavana. Eikä senkään jälkeen. En ajatellut, että olisin käyttänyt niitä tyttöjä hyväkseni. En koskaan luvannut niille mitään suhdetta. En koskaan valehdellut. Mutta huomasin, että jotkut niistä olisivat halunneet muutakin, ja tiedän, että satutin niitä. En tehnyt sitä tahallani, en vain osannut ottaa seuraavaa askelta. En osannut oikeastaan edes kaivata sitä. Sain pelimiehen maineen, ja tiedän, että minusta puhuttiin kaikenlaista. Poikia nauratti, ehkä ne olivat kateellisiakin. Tyttöjä ei naurattanut, ne arvostelivat minua. Sain kuulla, että olin lapsellinen, ja etten osannut arvostaa naisia. Sain parit drinkitkin naamaani, mutta se ei muuttanut mitään. Sitten tapahtui jotain, joka muutti kaiken.

Se tapahtui kun olin matkalla baarista kotiin. Olin yksin ja se vitutti. Tyttö istui yksin kerrostalon rappusilla. En ollut koskaan nähnyt mitään niin kaunista. Olin vähän humalassa, mutta ei se katsettani vääristänyt. Tytöllä oli pitkät vaaleat hiukset, vaalea iho ja suuret siniset silmät. Kyyneleet olivat vähän tuhrineet meikkiä, mutta hän oli silti uskomattoman kaunis. Teki pahaa nähdä jonkun niin kauniin itkevän.

"Älä itke", sanoin. "Muhun sattuu katsoa, kun sä itket."

Tyttö ei vastannut. Hän vilkaisi minua nopeasti ja katsoi sitten pois. Tytön kyyneleet tekivät oikeasti kipeää. Ehkä minä pelkäsin, että joku minunlaiseni paskiainen oli satuttanut sitä tyttöä. Istuuduin tytön viereen. Hän ei liikahtanut eikä kääntynyt katsomaan minua.

"Kuka sua on satuttanut?" kysyin.

"Mitä se sulle kuuluu?" tyttö sanoi kauniilla, itkuisella äänellään.

"Mä haluan korjata sut", mä sanoin.

Tyttö naurahti. Hänellä oli ihana nauru.

"Mikä sun nimesi on?" mä kysyin.

"Mun nimi on Jenni", tyttö vastasi ja katsoi minua silmiin.

En tiennyt silloin, että se oli minun Jennini. Se selvisi vasta myöhemmin. Sinä iltana Jenni tuli minun luokseni, mutta me vain nukuimme vierekkäin. Olin ensimmäistä kertaa tytön kanssa "silleen". Silleen ettemme tehneet sitä. Ja minä soitin Jennille seuraavana päivänä, ja me tapasimme uudestaan. Tutustuimme ja juttelimme, ja silloin selvisi, että olimme molemmat samalta paikkakunnalta kotoisin. Ja sitten selvisi, että meillä oli yhteisiä tuttuja, ja että Jenni oli Jessen pikkuserkku. Eli minun Jennini. Sain sen punaisen autoni takaisin. Jennillä oli se tallella, ja hän halusi antaa sen mulle. Se toimii vieläkin. Kun sitä vetää pöytää vasten taaksepäin, se lähtee kovaa vauhtia eteenpäin. Meitä nauratti se autojuttu. Jennillä on maailman ihanin nauru. Jenni on muuttanut minua; en ole ennen tuntenut näin. En ole ennen ollut rakastunut. Tämä tunne on minulle vieras, ja olen aika lailla sekaisin, mutta se tuntuu aivan ihanalta.

Kun olen kirjoittanut tätä meidän tarinaamme, olen ymmärtänyt jotain siitä ensimmäisestä tapaamisestamme. Olen ymmärtänyt, ettei minua koskaan harmittanut se auto, en minä jäänyt sitä kaipaamaan. Jäin kaipaamaan Jenniä. Tämä saattaa kuulostaa tyhmältä, ja myönnän, että rakastuminen on saattanut vaikuttaa ajatteluuni, mutta minusta tuntuu, että sen ensimmäisen tapaamisemme jälkeen elämästäni on puuttunut jotakin tärkeää. Nyt olen saanut sen takaisin. Minusta tuntuu, että haluan kertoa sen Jennille. Luulen, että minun täytyy soittaa hänelle nyt heti.

Viivi Jääskeläinen
Sata harjanvetoa

Ilma oli paahtavan kuuman päivän jälkeen alkanut viilentyä. Pystyin aistimaan jännityksen jokaisella solullani, mutta samaan aikaan tunsin ympäröivän luonnon huokuvan kesäyön rauhaa.

Sinä värisit kylmästä. Ihosi ei kuitenkaan ollut vielä noussut kananlihalle. Mikäli niin olisin tahtonut, yhdellä sormen hipaisulla olisin korjannut asian. En kuitenkaan halunnut rikkoa ihosi silkkisen pehmeää pintaa.

Sata harjanvetoa. Niin olin luvannut, kun istuuduit saunakamarin puiselle penkille suoraan eteeni. Hiljaa, hyvin varovasti harjasin kuparin värisiä, saunan jäljiltä yhä kosteita ja pörröisiä hiuksiasi.

Yksi.

Salaa katselin sinua työni lomassa. Huomasin niskan untuvaisen nukan, kauniisti kaartuvan lantiosi ja pienet lapaluusi. Olin varma, että saisin jonakin päivänä nähdä niistä kasvavat upeat valkoiset siivet.

Kaksikymmentäviisi.

Lakkasit värisemästä. Kuulin rauhallisen hengityksesi tasaantuvan yhä entisestään. Nautit. Löysin pieniä takkuja kuin tuulenpesiä hiuksistasi. Laskin harjan käsistäni ja koetin varovasti selvitellä solmuja. Värähdit.

"Takkutukka pörröpää", kuiskasin hymyillen.

Neljäkymmentäkuusi, vaiko viisikymmentäkaksi?

En koskaan päässyt sataan asti. Käänsit kasvosi minuun ja ihmettelit, miksi lopetin. Kerroin menneeni laskuissani sekaisin, ja sinä hymyilit sitä suloista hymyäsi ilkikuriset silmäsi välkkyen vähäisessä valaistuksessa.

"Sitten et voi saada palkintoasi", kuiskasit kiusoittelevalla äänelläsi. Nousit ylös kääräisten pyyhkeen sulavasti ympärillesi verhoten vartalosi sen suojiin ja astuit ulos saunakamarin ovesta.

Terävä kirosana karkasi huuliltani ja vain vanhat hirret kuulivat sen.

Laura Suihkonen
Rokkijumala

Tiedättehän, kun varsinkin pienillä paikkakunnilla syntyy niitä pareja, kun ihmiset menevät yhteen vain siksi, että heillä olisi joku. He ovat aivan vääriä henkilöitä toisilleen ja tekevät niin melkein pakosta, etteivät olisi yksin. Silloin tekee mieli kysyä, alkaako epätoivo ahdistaa? Sitten on taas niitä, jotka löytäisivät toisensa pimeässäkin, vaikka toiselta puolelta maailmaa jos niin tulisi. Heitä minä kadehdin eniten.

Mutta voi kuinka maailma hymyilikään minulle, kun olin rakastunut rokkitähteen. Se oli herttainen ja kiltti hymy, mutta samalla hymyilijän huulilta valui karvas veri. Verinen, suloisen katkera hymy. Olin samaan aikaan onneni kukkuloilla ja maailmani pohjalla. Niin se kai menee, että kun jotain oikein hyvää tapahtuu, on myös jotain oikein pahaa tapahduttava sen vastapainoksi.

Hullaantuminen kävi näin: Istuin kouluni jättimäisessä auditoriossa aivan kuten olin monesti istunut. Katsoin lavalle ja odotin maskaralla kuorrutetut ripset räpsyen seuraavaa esiintyjää, sillä käynnissä oli alueen koulujen yhteinen kykyjenetsintäkilpailu. Sitten tuo rokkijumalan manttelin perijä astui lavalle, mutta vielä silloin en tajunnut rakastavani häntä. Hän otti kitaran ja alkoi soittaa bändinsä kanssa. Hän huojui psykedeelisesti musiikin tahdissa ja taivutti päänsä pitkälle taakse törröttäen huuliaan keskittyessään, aivan kuin suutelisi ilmaa. En muista ajatelleeni, että olisin halunnut olla se, jota hän suuteli. Sitten hän vilkaisi äkkiä yleisöään, hänen silmänsä tavoittivat minut ja... Puff! Olin

19

rakastunut. Älyttömän, kertakaikkisen, totaalisen rakastunut häneen. Vain yksi katse välillämme, ja näin hänen silmissään sellaisen palon ja janon elämää kohti, intohimon, joka olisi voinut sytyttää minut tuleen siinä paikassa. Olin hapuillut häntä kohti pimeässä, kuten ne parit, jotka löytävät toisensa ilman valon pilkahdustakaan tässä maailman pimeydessä, mutta minä tarvitsin yhden salaman välähdyksen hänen silmistään.

Mutta kuten salaman jälkeen yleensäkin käy, pimeys jatkuu. Niin jatkui elämäkin. Soitto jatkui, mikään ei ollut muuttunut muualla kuin maailmassani. Hän ei katsonut enää yleisöä, vaan keskittyi taas täysillä näppäilemään lentäviä sointuja. Silloin huomasin ensimmäisen kerran sen, minkä tulisin myöhemminkin huomaamaan. Hänen tapansa pitää kitaraansa; hellästi sivellen ja käsitellen, kuin elämänsä rakkautta. "I love you baby, but not like I love my guitar", Prince lauloi ja minä nyökyttelin päätäni hänen tahdissaan. Ja tulisin vielä myöntämään, että rokin jumalani kohdalla tuo lause piti täysin paikkaansa. Hänen maailmassaan ei koskaan tulisi olemaan niin suurta, kaunista tai voittamatonta rakkautta kuin kitara. Ja kuinka minä kadehdinkaan sitä, olin kateellinen elottomalle typerälle kapineelle, joka kuitenkin syttyi henkiin hänen taitavissa käsissään. Halusin, että hän olisi koskettanut minua samalla tavalla, näppäillyt kylkiluitani, silittänyt vartaloni kaarta, mikä muistutti hänen kitaransa kaaria.

Kuukauden kuluttua siitä hetkestä, kun olin viettänyt 30 rakkauden täyteistä yötä ja päivää ajatellen vain häntä, hän astui maailmaani. Tai oikeastaan luokkaani eräänä aamuna. Hän käveli rennosti puolelta toiselle heiluen pulpettiinsa, ja kaikki tytöt luokassa kuhisivat ja kihisivät. He ihastuivat häneen totta kai, mutta olin ainoa, joka todella rakasti häntä. Kaikki ihailivat hänen komeuttaan, mutta vain minä pystyin kertomaan, ettei hän ollut komea perinteisellä tavalla. Ensi silmäyksellä silmät saattoivat helposti harhailla hänestä pois ajatellen, etteivät ne olleet nähneet mitään erikoista. Mutta vasta toisella kerralla huomasi hänen isot, vaaleansiniset silmänsä, joihin syttyi jo kuvailemani kipinä hänen soittaessaan. Sitten hän saattoi virnistää vinosti, niin että hänen luonnostaan järkyttävän punaiset huulensa venyivät yli terävinä välkkyvien valkoisten hampaiden. Hänen poskipäänsä olivat korkeat ja aristokraattiset, niin että hänen kapeat kasvonsa saivat hienostuneet piirteet kiiltonahanmustien hiusten kehystäessä niitä.

Pojatkin ihastuivat häneen, kaikki halusivat olla kavereita tuon hauskan ja rennon, seisoessaan takakenoon nojaavan tyypin kanssa. Hän oli äänekäs nauraessaan ja vihastuessaan, mutta samalla hän oli hiljainen ja tavoittamaton sulkeutuessaan musiikin maailmaan. Maailmaan, johon en kuulunut enkä tulisi kuulumaan, vaikka olisin voinut antaa siitä henkeni ja enemmänkin. Sanotaan, ettei rakkaus täytä vatsaa, mutta minut se täytti. Jokainen pienikin kehoni osanen sihisi rakkauden palavaa, punaista energiaa ja sähköä.

Olen lukenut, että kaikkein kauneinta, pyyteetöntä ja täydellisintä rakkautta on rakastaa toista ihmistä pelkästään rakastamisen vuoksi. Että haluaa toiselle vain hyvää ja unohtaa samalla omat kaipuunsa vastarakkaudesta. Nykyinen rakkautemme on itsekästä, sillä ainahan haluamme saada rakkautta takaisin. Rakastin häntä melkein täydellisesti. Tiesin, etten koskaan saisi vastakaikua, jossain täytyi lukea niin. Ehkä jonkun törkyisen metroaseman vessan seinällä tussilla kirjoitettuna, mutta lukipa kumminkin. Hyväksyin tämän asian totuutena, mutta toisaalta... Toivoin, että hän näkisi minut samanlaisessa valossa ja katsoisi minuun vielä silmät yhtä palavina kuin silloin kerran, vain koska olin ja hengitin. Joten siksi rakkauteni häntä kohtaan ei ollut täydellistä. Se pieni seikka oli kuin yksi musta ruusu tuhannen muun tulenpunaisena palavan joukossa.

Aika kului, minä muutuin ja kasvoin, maailma ympärilläni vaihtoi väriään kuin syksyn lehdet, mutta rakkauteni häntä kohtaan oli yhä kukkiva, tulikuuma ja vehreä kesä, joka ei haalistunut. Mutta rokkijumalani ei välittänyt kesästä, hän oli lukkiutunut ikuiseen talveen, saarrettu kylmän lumisen maailman sisälle lämpönään musiikki ja ainoana seuranaan tuo soitin. Meidän maailmamme eivät koskaan kohdanneet, ne vain sujahtelivat toistensa ohitse kuin liukkaat saippuapalat, vaikka olimme koulussa niin monta vuotta saman katon alla päivästä toiseen. Mutta tiesin mitä tehdä, ja miten saisin valutettua edes osan rakkaudestani häneen ja hänen elämäänsä kuin makean mahlan.

Koulujen lopussa vetäydyin hetkeksi omasta juhlahumustani ja kävelin hänen luokseen sydän pamppaillen, jännitys rinnassani kiehuen. Katsoin käsissäni olevaa paperiliuskaa puhuessani hänelle, siinä oli kauniita sanoja tarkassa järjestyksessä. "Et tunne minua, mutta minä tunnen sinut. Sinä soitat kitaraa ja käsittelet sitä kuin hienoa naista, keskittyessäsi työnnät huulesi ulos. Sinun siniset silmäsi myrskyävät silloin kuin raivopäinen meri. Tiedän sen, koska minä epäilemättä rakastan sinua enemmän kuin tulen koskaan rakastamaan ketään. Ja sen takia minä teen sinusta tähden", sanoin ojentaessani paperiliuskan hänelle, tekemäni laulun hänestä ja rakkaudestani. Sitten poistuin, mutta se ei ollut viimeinen kerta kun näin hänet. Hän oli myöhemmin tv:ssä ja radiossa, hänestä tuli tähti lauluni takia. Sitä soitettiin aina ja kaikkialla, ja joka kerta kuullessani sen aloin itkeä vuolaasti, pystymättä selittämään muille syytä. Se saa yhä edelleen ihoni kananlihalle.

Mira Fager-Pintilä
Sinä vain

Se oli syyskuun eka. Rakennekynsissäni, louisvuittonissani ja fredperryssäni mä luulin olevani niin hirveän paljon parempi kuin kaikki muut täällä. Hitto mitä väliinputoajia. Esittelykierroksella mä huokailin kuuluvasti toisten elämäntarinoille. Pistin merkille mauttomia skeittikenkiä, kirkkaanpunaiseksi värjättyjä tukkia ja nappiverskoja, so last season. Sitten se tapahtu.

Se, johon kaikki päättyi. Se, josta kaikki alkoi. Mä tapasin sut. Se sali vain hävis ympäriltä, tosta noin vain, katosi. Oli vain sinä. Sun tapa olla. Koko muu maailma hävis ja on ollut hävinneenä siitä asti.

Me tavattiin illalla. Luonnollista kai, kun asuu saman katon alla. Sun kirkkaanpunaiset nappiverskat on ehdottomasti kauneinta, mitä mä oon koskaan nähnyt. Miksei ne muka vois olla muodissa taas? Siitä tuli tapa. Kokoonnuttiin iltaisin kattomaan telkkaa. Kaikki yhdessä. Mä jäin koukkuun siihen maailman turhimpaan tosi-tv-sarjaan, sun takia. Se oli varmin tapa saada olla sun lähellä edes hetki. Katsella sua. Kuunnella sua. Ethän sä mulle jutellu, ja ihan hyvä niin. Aina kun mä yritin osallistua keskusteluun, niin mulla ei yhtäkkiä ollutkaan mitään järkevää sanottavaa, sanat juuttuivat kurkkuun eikä kielikään suostunu yhteistyöhön, ei sitten millään. Naurukaan ei kulkenut heleästi ja luontevasti, vaan muistutti lähinnä teurastettavan sian kiljuntaa. Mä oisin halunnu keskustella sun kanssa. Vaikka mistä. Kertoa, miten mä katson tätä maailmaa. Kertoa, miten mä rakastan kesää ja leivän alapuolta, ja niitä kanttipaloja. Kertoa, mitä mieltä mä oon maailman poliittisesta tilanteesta ja ilmastonmuutoksesta.

Näyttää sulle, kuinka fiksu ja hauska mä oikeesti olen! Mutta sun seurassa mun aivot ei vain toimi. Ne on sulaa harmaata massaa. Niinkun mun koko kroppa. Niinkun mun koko sisin.

Vaikka me ei juteltu, niin kyllä mä huomasin. Sä katoit. Aina kun mä käänsin päätä, mä kohtasin sun katseen. Mä muuten rakastan sun ripsiä. En mä fysiikasta paljon mitään ymmärrä, enkä oikeestaan edes tiedä, liittyykö se sittenkin enemmän kemiaan, mutta magneetin perusperiaatteen mä kyllä ymmärrän. Erinimiset navat vetävät toisiaan puoleensa.

Sitten tuli se ilta. Kun on se olo, ettei mikään maailmassa voi estää, ettei mikään maailmassa ole mahdotonta. Kaikki vain on niin hiton hauskaa. Humala. Ja yhtäkkiä sä olit siinä. Ihan lähellä. Kerroit sun elämästä. Kerroit, miten sä katsot tätä maailmaa. Mä muuten rakastan sun ääntä.

Sä halusit nähdä mun tatuoinnin. Sä piirsit sormella sen ääriviivoja. Kutitti. Mä muuten rakastan sun käsiä. Sä kysyit leikilläs, niin kuin teinit tekee, että alanko mä sun kanssa. Mä aloin. Voi kunpa sä vain oisit tiennyt, kuinka tosissani mä olin. Ja sitten sä pussasit mua. Pussasit. Mua. Hei kusipää, se olit SINÄ, joka alotti! Mua heikotti. Pyörrytti. Kuumotti. Vilutti. Humallutti. Eikä se ollut ainoastaan se hiton kalja. Sun tukka tuntu karheelta sormissa. Mä muuten rakastan sun niskaa. Sen illan sä olit mun. Me pidettiin salaa kädestä. Me pussailtiin keittiössä muilta piilossa. Sä pyysit mua sun kanssa nukkuun. Mä menin yksin. Mun oli pakko. Mua pelotti. Ja ihan hitosti. Kai mä jotenkin tiesin. Sulle tää ei ollu niin kuin mulle. Mua pelotti. Ihan hitosti. Yksin sängyssä mä tärisin. Olin niin hirveän onnellinen ja silti itketti. Ihan hirveästi. Olin ihan sekaisin. Ja mun oli ikävä sua. Ihan hirveä.

Tuli aamu ja aamuja. Moikkasit, joskus. Mä olisin halunnut koskea, halata, pussata. Sä olit kuin ei oltais koskaan oltukaan.

Sä hajotit mua. Mä syytän sua siitä, että mun koulu meni niin kuin se meni. Mä en jaksanu lukea, mä vain katoin telkkaa siinä toivossa, että sä sattuisit joskus käymään siellä. Mä en pystyny keskittymään, sun kasvot, sanat, tuoksu, muisto. Mä pystyin keskittymään vain suhun. Mä muistan sen tentin, mä en jättänyt tyhjää siksi, ettenkö olisi tiennyt mistään mitään. Mä en vain pystynyt olemaan sun kanssa samassa tilassa. Mua kuristi. Mä kirjotin sun lukujärjestyksen ylös, että tiesin, mitä ja milloin sulla on. Mä menin omille tunneille liian myöhään ja lähdin liian aikaisin, että "vahingossa" voisin törmätä suhun. Jos näin sut, meinasin kuolla ikävään. Jos en nähnyt sua, mä kuolin ikävään. Mä aloitin sen hiton liikuntakerhon, koska sä pidit sitä. Sainhan siten viettää jopa tunnin sun seurassa joka viikko. Ja se tunti oli aina ihan tuskaa, eikä ainoastaan siksi, että mulla on ihan paska kunto, vaan koska mä en kestänyt katsoa sua. Kun sä liikuit. Kun sä nauroit. Mutta en kestänyt ilmankaan. Millä oikeudella sä teet näin? Saat mut käyttämään kliseisiä "koko muu maailma hävis ympäriltä" -juttuja? Mutta kun mikään muu ei vain kuvaa sitä yhtä hyvin. Sua. Millä oikeudella sä teet näin? Sä oot romuttanut mun huolella rakennetun itsetunnon! Mä seuraan sua. Mä stalkkaan. Mä oon ihan säälittävä. Mä luulin joskus olevani jotain! Millä oikeudella sä teet näin? Sä oot niin lyhytkin!

Sä et tullu enää iltaisin katsomaan sitä hiton tosi-tv:tä niin kuin ennen. Mä luulin, että se johtui musta. Meistä. Mä toivoin, että se johtui musta. Mä toivoin, että olisin ollut sulle edes jotain, vaikka sitten se syy olla katsomatta telkkaa! Edes jotain.

Sitten tuli se ilta. Se, kun oli hirveesti huutoa. Kun oli nyrkkejä. Poliisiautojen sinisiä valoja ja vähän vertakin. Ja paljon itkua. Mua pelotti, että sä satutat ittes. Pelotti ihan hirveästi. Mä pidin susta kiinni. Ja toisaalta, mä olin ihan hirveen onnellinen. Että tuli se järkyttävä tilanne.

Mulla oli joku syy olla sun lähellä, pitää susta kiinni! Kun tilanne rauhoittu, sä lupasit, että me juteltais. Ei me juteltu. Me vain pussattiin. Sä lupasit, että me juteltais. Myöhemmin. Ei me juteltu.

Sä tulit mun viereen. Yöksi. Koko muu maailma hävis ja on ollut hävinneenä siitä asti.

Mä muuten rakastan sua.

ANNIKA LIUS
Rakkaus

R akkaus, miten se sai alkunsa? Ensi silmäyksellä kö? Ei
suinkaan. Komea hän oli kyllä alusta asti ja näytti pa-
remmalta päivä päivältä. Se oli aivan uusi tunne mi-
nulle. Positiivisella tavalla tietenkin. Oli ihanaa huomata, että
joku halusi minut, juuri Minut. Sen tunteen tulee muistamaan
aina. Kuulostaa ensirakkaudelta, eikö? Sitä se olikin.

Kukaan muu mies ei ollut saanut henkeäni salpautumaan sa-
malla tavalla kuin hän. Joskus tarvitaan paljon merkkejä huoma-
takseen, että on saattanut löytää sen oikean. Minun kohdallani
merkkejä saattoi huomata fyysiselläkin tavalla. Tosin ei niistä
mieleisimmällä, eli migreenikohtauksilla. Olisihan se pitänyt
arvata. Aina ollessani hänen kanssaan mistään ei tullut mitään
hirveän päänsärkyni takia. Myöhemmin selvitin asian johtu-
van hänestä, ja nykyään asialle ei voi kun naurua. Vietettyämme
kuitenkin enemmän aikaa yhdessä opin rentoutumaan hänen
kanssaan, koska tiesin, että saisin olla oma itseni. Kai hän juuri
siksi minuun silmänsä iskikin.
Tuttavalliset puheet muuttuivat nopeasti tekoihin ja teot vuo-
rostaan seurusteluun. Tavatessaan hänen vanhempansa ja muut
sukulaiset, suhde alkoi tuntua oikealta ja tärkeältä. Ensi askel
kohti oikeaa rakkautta.

Ehdottomasti parasta oli turva, jonka hän pystyi minulle anta-
maan. Puhumattakaan yhteisestä ajasta, jota saimme viettää. Se
oli niin erityistä minulle, koska asuimme eri paikkakunnilla em-
mekä nähneet kovin usein. Joskus oli vaikeaa olla erossa pitkän

välimatkan takia, mutta kun taas näimme toisemme, ilo oli kaksin verroin suurempi, minkä ansiosta opimme nauttimaan yhteisestä ajasta enemmän.

Tiesin, että häneen voi luottaa, joten minun oli helppo kertoa hänelle vaikeitakin asioita. Ja hän jopa ymmärsi niitä ja osasi auttaa aina tarvittavaan aikaan. Eivätkä hänen antamansa vinkitkään koskaan menneet hukkaan. Oudointa oli, miten hyvin hän huomasi, jos minua vaivasi jokin asia. Hän luki minua kuin avointa kirjaa. Siihen tarvitaan jo jonkinlaista tietämystä ja tuntemusta toisesta ihmisestä. Onneksi hänellä oli hieno huumorintaju, joten ollessani masentunut ja ties kuinka syvän kuilun pohjalla, hän sai minut ihmeen kaupalla nauramaan. Huumorintaju on selkeästi tämän miehen parhaita puolia.

Kaikkihan sen tietävät, että rakkaus ei tule yksin, vaan myös ongelmat sen mukana. Rakkauden hyväksi joutuu tekemään uhrauksia, jotka saattavat tuntua vaikeilta päätöksiltä, mutta tässä suhteessa kaikki tekemäni uhraukset ovat olleet sen arvoisia. Jopa ne, joita hän ei tähänkään päivään mennessä ole saanut tietää. Mitäpä sitä ei tekisi unelmiensa miehen eteen?
Monenlaiset riidat ja erimielisyydet olemme käyneet läpi. Joskus tuntui, että koko suhde hajoaisi käsiin. Mutta toisaalta riidat antoivat voimaa panostaa suhteeseen entistä enemmän. Ihmeellistä, miten ihminen tarvitsee välillä muistutusta siitä, kuinka tärkeä joku ihminen on. Silloin ymmärtää pitää miehestä kiinni kynsin ja hampain. Ja sen totta tosiaan tein!

Koska luotimme molemmat toisiimme, ei ollut mitään pelkoa uskottomuudesta, joten ei ollut syytä mustasukkaisuuteen. Tietysti muutama epäilys kävi mielessä, mutta hänen muistutettuaan, kuinka paljon hän minua rakastikaan, epäilykset jäivät mielihyvän varjoon.

Aivan upeiden kahden seurusteluvuoden jälkeen, jotka olivat täynnä romantiikkaa, jännitystä ja iloa, päätimme muuttaa yhteen. Jo oli aikakin, minä ajattelin. Puhetta yhteen muuttamisesta oli kyllä ollut, mutta viimein se toteutui. Olin tietysti iloinen siitä, että saisimme asua saman katon alla. Mietin kuitenkin hiljaa itsekseni, että mitäköhän tästäkin tulisi, kun ei olla vietetty viikkoa pidempää aikaa yhdessä. Huolet kuitenkin katosivat, kun heräsin hänen vierestään vietettyämme ensimmäisen yön yhteisessä asunnossamme. Sinä päivänä en tehnytkään muuta kuin hymyilin ja hyräilin, koska olin niin onnellinen. Ajatella, maailman ihanin mies ja oma yhteinen asunto hänen kanssaan. Yhteiselo tiivisti meitä entistä enemmän, eikä suurempia ongelmia ollut luvassa.

Ajattelin, että elämä ei voisi muuttua enää tästä paremmaksi. Mutta kuinkas kävikään. Eräänä kauniina iltana se sitten tapahtui. Minä sain sen. Juuri siltä henkilöltä keneltä sen eniten halusin.

Seuraavana aamuna kutsuin ystäväni kaupungille kahville kanssani. Annoin heille vihjeeksi, että aion julistaa suuren uutisen, jota he eivät osanneet odottaakaan. Se päivä oli kokonaan omistettu minun vasemman käden nimettömälle, jossa kimalteli kaunein sormus, jonka olin koskaan nähnyt.

Rosamaria Siitonen
Yhdellä siivellä ei lennetä

T eimme kesäisin kaarnalaivoja ja etsimme taivaalta kultareunaisia pilviä. Ja minä elin omaa lempisatuani värikuvien kera. Olin sinun – joka kohta minusta oli sinua varten. Kesti kauan ennen kuin löysin reitin sinuun, vaikka osa varmasti ajatteli sen tapahtuvan hetkessä ja liian nopeasti. Sellainen matka on kuitenkin pitkä, jos huulet tarvitsevat rakkautta juodakseen. Enkä minä usko, että kelpuuttaisin kenenkään toisen ihoa omalleni, kun löysin sinun ihosi.

Minä olin 16-vuotias, eksyksissä ja ajattelin aina, että olin irrallinen kaikesta muusta maailmasta. Naamani täyttyi kesäisin pisamista eikä tukkani koskaan kasvanut tarpeeksi pitkäksi. Ihoni kuivui auringosta ja muuttui saunan jälkeen tummanpunaiseksi. Isäni löi muiden miesten kanssa vetoa, että minusta tulisi uusi Miss Suomi heti kun täyttäisin kahdeksantoista, mutta itse en koskaan osannut uskoa omaan kauneuteeni. Olin aina ollut puolikas ihminen, sellainen, kuka ei tullut toimeen ilman toisen kylkeä vasten omaansa. Eivät sellaiset ihmiset kykene toteuttamaan itseään ilman omaa inspiraatiotaan. Ei pelkästään yhdellä siivellä voi lentää.

Minä olen Rosalina. Siipirikko, kullankaivaja, seikkailija ja hieman nurinkurin. Sinä olet minun kultasuoneni, minun toinen siipeni, aina oikein päin ja tulit yllättäen. Senhän piti olla aivan tavallinen päivä muiden tavallisten päivien joukossa. Minä nousisin, menisin kouluun ja koettaisin jatkuvasti löytää hetkistä kultahippuja taskun pohjalle talteen. Tukkani oli sekaisin, ja kirosin kovaan ääneen, kuinka takapuoleni oli varmasti kasvanut taas pari senttimetriä salaa minulta. Kävelit ohitseni juuri niin kuin ihmiset kävelevät toistensa ohi elokuvissa: hidastettuna ja salaperäisesti katsoen, aivan kuin tietäisit tarkalleen, mistä minussa oli kyse. Vedit minut sinun planeetallesi ja tuntui, että tahdoin jäädä, mutta en löytänyt sanoja. Sydämeni oli siinä, vaikka sanat eivät olleetkaan. Rakkausrunojen lausumisen sijaan hymyilin hennosti ja taisin hieman irvistää, koska olit niin turvallinen. Sain vastaukseksi naurunhelinää ja samanlaisen irvistyksen kuin omani oli ollut. Minä olin kiinni.

En minä tuntenut heti alkuun palavasti. En ollut ikinä edes uskonut rakkauteen ensi silmäyksellä, koska rakkauden ääriviivat ovat niin salaperäiset, että niistä ei voi saada kiinni välittömästi. Tahdoin vain kipeästi sanoa sinulle jotain – mitä tahansa! Kertoa, että tukkasi on hieno ja kasvosi näyttävät erilaiselta kuin muilla. Kysyä paljon kello on, mikä olet horoskoopiltasi, mitä sinulle kuuluu, ovatko vanhempasi onnellisia tai minkä rotuinen koirasi on. Mutta eniten tahdoin vain kulkuluvan elämääsi. Juuttua siihen kuin takiainen tai kuin joku, joka on löytänyt vastauksen toiveisiin, joita kirjoitetaan paperipäiväkirjan sivuille kaunokirjaimilla. Minä siis rohkeasti tulin puhumaan sinulle asioita, joita tuntemattomat puhuvat toisilleen. En kykene edes muistamaan tarkkoja sanoja, koska koko keskustelu oli kuin karuselli: se pyöri samoja ympyröitä ympäri ja siitä kaikesta meni aivan sekaisin, mutta silti tahtoi uudestaan kyytiin. Sinä olit juuri niin ihmeellinen kuin ihmiset joskus olivat minulle puhuneet. Ei sinun olisi tarvinnut koskaan todistaa sitä minulle, koska tiesin sen alusta alkaen. Siitä hetkestä tarinamme sai alkunsa. Ja juuri sitä tarinaa minä kelaan päässäni uudelleen ja uudelleen, että muistaisin maailman pienet, suuret ihmeet.

Me kävimme ulkona niin kuin ihmiset käyvät, kun tietävät, että pitävät toisistaan ja tahtovat ottaa toisistaan selvää. Sinä veit minut elokuviin ja tulit paikalle aina vähän aikaisemmin, että saisit ostaa meille molemmille liput. Me katsoimme huonoja sotaelokuvia ja nauroimme yhdessä asioille, joille ei oikeasti edes saisi naura. Olit inspiraationi niin monelle tunteelle ja niin monille asioille, joita en normaalisti pystynyt edes tekemään. Sinä sait joka osan minusta nauramaan ja odottamaan seuraavaa päivää, mutta vain, jos sinä kuuluisit niihin seuraaviin päiviin. Ostit minulle lähikaupasta suklaakeksejä, jos minulla oli huono päivä, ja kerroit tyypillisiä vitsejäsi vain, jotta saisit minut nauramaan. Ja kun minä vähiten sitä odotin, sinä kysyit tahtoisinko olla sinun, kokonaan sinun. Minä suostuin niin kuin olin aina kuvitellutkin suostuvani sinulle, ja sinä suutelit niin kuin olin aina kuvitellut sinun suutelevan. Ja kun kävelit pois, siitä päivästä seuraavaan päivään minä tein lupauksia itselleni. Lupasin, että annan itseni kokonaan niin, että tietäisit tarkalleen, kuka minä olen ja miksi tahdoin juuri sinut niin pahasti. Ja vielä tänäkin päivänä minä näytän sinulle paloja itsestäni ja yritän osoittaa, miten paljon yksi ihminen pystyy muuttamaan. Se oli meidän alkumme ja siinä oli taikapölyä, kultahippuja ja suklaakeksejä.

Kimaltavat hanget karkasivat ja maa muovattiin vihreällä nurmella. Meidän lempiasioitamme olivat kesäiset illat järven rannalla ja veneretket läheiselle saarelle. Silloin meillä oli rakkautta enemmän kuin monilla on koko elämänsä aikana. Kävimme mato-ongella ja sain aina paljon enemmän kalaa kuin sinä. Ajoimme veneellä vasten tuulta ja leikin, että maailma pysähtyi. Kävimme uimassa rantakalliolta ja etsimme vesikirppuja. Ja jokainen pienikin asia oli ihmeellinen ja uusi, koska asiat syntyivät uudestaan sinun kanssasi. Kaikella oli uudenlainen merkitys, ja asiat saivat uusia muotoja. Se, mikä ennen oli turhaa, oli nyt kaunista ja kadehdittavaa.

Mutta kamalan monesti kauniit asiat kuolevat nopeasti ja pelkäsin, että meille kävisi samalla tavalla. Sinä aloit valua sormien välistä ja karkailit. Jatkuvasti teit selväksi, että rakkaus on vankila ja kaikki oli muuttumassa taakaksi sinulle.

"En minä tahdo olla taakka. Sano, jos olen taakka, niin minä muutun, oikeasti, minä teen itsestäni paremman! Muovaan itseäni, vaihdan väriä, ihan mitä tahansa, mutta kunhan sanot, että huomenna kaikki on hyvin ja et enää ajattele liikaa vaan tunnet sitäkin enemmän", sanoin itkuisella äänellä, joka puhui puolestani. Ja samalla kun tiesit lähteväsi aina kauemmas, pidit huolta, että minä pysyisin turvassa ja pystyisin tuudittumaan siihen tunteeseen, jota sinä ennen niin autuaasti minulle annoit.

Minä nukahdin aina kyyneleet poskillani ja tiesin, että sinä olit jossain kauempana, vaikka olitkin läsnä. Sinä olit vierailla mailla, siellä missä ennen olit ja minne kaipasit kamalasti takaisin. Sinne, missä minua ei ollut ja missä kuvittelit ruohon olevan vihreämpää. Ja yritit uskotella kaiken olevan hyvin, vaikka tiesin kaiken aikaa, että asiat olivat kuihtumassa kesän mukana. Rakkaus oli muuttumassa syksyksi ja asiat alkoivat menettää merkitystään. Aurinko hiipi pois ja puut muuttuivat alastomiksi silmiemme edessä.

Minä löysin monesti itseni vääristä paikoista ja tunsin oloni aina hylätyksi ja ulkopuoliseksi, vaikka kaikki kyllä aina yrittivät vetää minut mukaan siihen hetkeen. Minä en vain jaksanut enää pitää kiinni mistään ja jatkuvasti soitin sinulle itkuisena tahtoen varmistaa, oletko yhä minulla. Ja aina kun kuulit hädästäni, sinä tulit sinne, missä ikinä olinkin. Ja kun viimeisen kerran saavuit paikalle ja näit minun nojaavan toisen olkapäätä vasten itkien toiselle omaa pahaa vointiani, sinä pelastit minut. Pelastit minut minulta itseltäni ja siltä epätoivolta, jonka tiesit aiheuttaneesi minulle jatkuvalla perääntymiselläsi. Sinä otit minut kiinni juuri ennen kuin olin kaatumassa ja kuiskasit korvakäytäviini sanoja, jotka pyysivät anteeksi ja vannoivat ikuisuutta. Sinä tulit takaisin.

Me emme koskaan uskoneet sattumaan. Tiesimme, että jokin johdatti meidät toisillemme tarkoituksella. Olimme olleet kummatkin niin kipeitä sisältä ja kaivanneet aina jotain, jolle emme olleet kai koskaan keksineet korviketta. Meillä oli talvi, kevät, kesä ja syksy – ja se kaikki alkaa aina uudestaan. Me kasvamme jatkuvasti yhdessä ja ennen kaikkea yhteen. Meillä on hetkiä, kun sanat ovat kaikki, mitä omistamme ja hetkiä, jolloin sanoilla ei ole mitään sijaa. Mutta ennen kaikkea meillä on toisemme ja toisistamme ylitsevuotava rakkaus. Ja se kuka epäilee, että nuori ihminen ei pysty tuntemaan, on väärässä. Nimenomaan nuoret ihmiset ovat niitä, jotka jaksavat etsiä ja uskoa, että maailma pystyy tarjoamaan ihan kaiken mitä haluaa. Mikään kyynisyys, rikkinäisyys tai huonot muistot eivät pysty viemään sitä mukanaan, koska kaikki on vielä niin auki. Minä olen Rosalina. Ja minut on löydetty. Minut on otettu elämään ja olen saanut vuokra-asunnon toisen sydämestä. Tarvitaan kaksi siipeä, että voi päästä pilviin.

SANNA-KAISA HEIKKINEN
Elät minussa

L uulin, että olisin unohtanut sen jo, mutta en. Joka kerta kun näen peilikuvani arvet kasvoissani saavat minut muistamaan sen kauhean illan. Illan jolloin menetin sinut, eli illan jolloin menetin kaiken. Aina kun havahdun todellisuuteen, mietin, miksi näin kävi. Elämäni oli kuin elokuvaa kanssasi, niin täydellistä, ettei sitä olisi uskonut edes todeksi, mutta joku vei sen minulta vietyään sinut. Nykyään elän elokuvaa vain omassa mielessäni, sillä sinä olet siellä.

Seinän takaa kuulen muiden puheet, he pitävät minua hulluna. Sanovat, että minun pitäisi opetella elämään todellisuudessa, mutta enää en kykene siihen, en ilman sinua. Pääni sisällä olen turvassa, sillä siellä näen sinut.

Kävelen onnettomuuspaikalle jo viidettä kertaa tässä kuussa. Pakkanen puree poskiani ja varpaitani kipristelee, mutta kestän sen. Minun on vain saatava nähdä onnettomuuspaikka, jotta pystyn uskomaan tapahtuman todeksi, ja vaikka kasvoissani on kertomaa tarpeeksi, se ei riitä. Kaikki tapahtui niin nopeasti, etten pysty ymmärtämään ettei sinua enää ole. Miten se voi olla mahdollista, sillä minä tunnen sinun läsnäolosi sisälläni ja kasvosi näen mielessäni?

Olen perillä. Näen tiellä kolmenkymmenen metrin yhtäjaksoiset jarrutusjäljet, joita lumi ei ole peittänyt. Katseeni pysähtyy keskeltä kahtia taittuneeseen katulamppuun, joka näyttää yhtä yksinäiseltä ja kärsivältä kuin minäkin. Silmäni vuotavat, kun sytytän kynttilän katulampun viereen ja käännyn kävelemään hitaasti raskain askelin kotiinpäin. Toivon, ettei näkemäni olisi ollut totta, mutta toiveeksi se jää.

Oloni on heikko. Olen piiloutunut asuntooni vältelläkseni maailmaa, todellisuutta, aikaa ja ihmisiä. Haluan elää menneessä kanssasi, en tulevaisuudessa yksin. Minusta tuntuu, että maailma kohtelee minua kaltoin, ihan kuin en kärsisi jo muutenkin. Minulla on aamupahoinvointia, olen menettänyt yöuneni, ruokahaluni ja elämänhalunikin.

Äitini on huolissani minusta. Hän varasi ajan puolestani lääkäriin. Haluaa varmaan minun menevän kallonkutistajallekin niin kuin kaikki muutkin. Kyllä hän nyt minusta välittää, mutta ei häntä minun asiani ole ennen kiinnostaneet. Luultavasti hän haluaa hyvittää aikaisemmat vuodet minulle. Luulen, että äiti tajusi vihdoinkin sinun olevan elämäni rakkaus ja kunnon mies. Äiti on aina sanonut, että miehet ovat aina sama paska eri paketissa. Hänellä ei ole koskaan ollut onnea miesten kanssa. Isästäni ei ole tietoa, ja isäpuoleni oli alkoholisti, kunnes joi itsensä hengiltä. Silloin äiti lopetti juomisen. Se selittää äidin mielipiteen miehistä. Uskon äidin arvostavan sinua eri tavalla kuultuaan, että se oli rattijuoppo joka törmäsi meihin. Alkoholi on hänelle arka asia.

Joka aamu herään hellä hymy kasvoillani. En näe sitä, mutta tunnen sen. En halua avata silmiäni, sillä näen kasvosi. Sinä tuijotat minua. Tunnen kuinka silität hellästi poskeani, tuijotat minua edelleen. Kätesi siirtyy hitaasti kämmentäni kohti. Tunnen kuin puristat kättäni. Pidän silmäni yhä kiinni, en halua avata niitä. Tunnen katseesi, tuijotat minua yhä, kätesi nousee ylöspäin ja näpäytät nenääni. Minä irvistän hymähtäen. Avaan silmäni ja olet poissa. En näe sinua enää, tiedän olevani todellisuudessa.

Ikävöin sinua, mutta nyt ymmärrän. Et sinä koskaan minua yksin jättänyt. Sen puolesta jätit jotain muuta. Vaikka olenkin niin sokea rakkaudestani sinuun, etten näe sinua silmilläni, niin tunnen sinut sisälläni. Voin sen todistaa. Olen raskaana.

ANNA ROUHIAINEN
Rakkauden alku

K atseemme kohtasivat baaritiskillä. Punastuin, ja mieleni teki kirota. Tarkoitukseni oli ollut vain salaa tarkastella komeaa miestä, joka oli hetkeä aiemmin astunut sisään baariin ystäviensä kanssa. Kiinnitin huomiota etenkin miehen silmiin ja kasvoihin – niissä oli Jotain. En osannut tarkemmin määritellä, miksi katseeni kääntyi selittämättömästi juuri tuon miehen suuntaan. Olihan mies komea, mutta eivät kaikki komeat miehet saaneet päätäni kääntymään magneetin tavoin. Nyt minua alkoi hävettää oma typeryyteni. Ystäväni oli lähtenyt vähän aikaa sitten bussiin, ja minä olin jäänyt selvittämään päätäni kahvin ja veden avulla. Olin vilkuillut tuota miestä jo ollessani ystäväni kanssa, mutta nyt katseemme kohtasivat kunnolla. "Perkele, se varmasti ajattelee mun olevan ihan idootti...", ajattelin. En ollut edes laittautunut kummallisemmin, sillä olimme tulleet baariin suoraan tyttöjen rennoista illanistujaisista. En edes etsinyt seuraa, mutta silti katselin tuota miestä mokkanahkaisessa takissaan. Jos olisin kehdannut, olisin potkaissut itseäni.

Kulautin kahvini loppuun ja jäin palloilemaan paikalleni. Sitten totesin, että minunkin oli aika lähteä. Tunsin itseni rumaksi ja nukkavieruksi kauniiden ihmisten keskellä, enkä halunnut tehdä itsestäni pelleä tuon komean miehen silmien edessä. "Nyt mä LÄHDEN", totesin itselleni ja aloin selvitellä takkia ja kaulaliinaa toisistaan. Mies näkyi tulevan ystäviensä kanssa minua kohti. Katseemme kohtasivat taas, ja mies hymyili ja huikkasi minulle: "Lähde tuonne alas meidän kanssa!" Mietin, mitä voisin menettää ja lähdin seuraamaan tuota ilmestystä.

Matkalla alakerran klubille esittäydyimme toisillemme, ja minä mietin, miten olinkaan joutunut tuohon tilanteeseen. Alhaalla mies kysyi, mitä haluaisin juoda, ja tilasin kevytsiiderin. Raivasimme tiemme paikkaan, jossa voisimme istua. "No, mitäs sä teet elämässäsi?" mies kysyi minulta. "Mä opiskelen. Musta tulee niin sanotusti sisar hento valkoinen", vastasin. Juttu lähti soljumaan noiden sanojen jälkeen kuin itsestään. Mies kertoi työstään, ja samalla tuli juteltua kaikesta maan ja taivaan väliltä. "Sä olet koko baarin mielenkiintoisin ihminen", mies sanoi jossain vaiheessa. Punastuin. Kukaan ei ollut koskaan ennen sanonut minua kamalan mielenkiintoiseksi, itse asiassa olin viettänyt siihen asti jokseenkin kilttiä elämää. Tuon miehen kanssa pystyin olemaan rennosti, sillä hän ei tuntunut yrittävän iskeä minua. Tulimme hyvin toimeen, nauroimme, hymyilimme ja juttelimme ihan rauhassa. Mies oli rehellinen, hän katsoi minua suoraan silmiin ja oli rennosti, joten minäkin rentouduin yhä enemmän. Yhtäkkiä oli valomerkin aika, ja säpsähdin. Lähdimme kävelemään kohti narikkaa, otimme takkimme ja lähdimme ulos.

Ulkona iski ujous. Mies katseli minua, minä häntä, ja seisoskelimme pitkään toisiamme katsellen. Lopulta mies aloitti: "Pääsetkö sä millään enää kotiin? Mä vain ajattelin, että... äh, mä en haluaisi olla törkeä, mutta sä mainitsit iltakävelyn, ja mun luo on ihan kiva kävelymatka... että jos sä tulisit mun luo yöksi, niin voisi siinä samalla kävellä?" hän ehdotti. Mietin hetken. "Joo, no mikäs siinä. Kivempihan se on, kun on seuraa", sanoin.

Lähdimme kävelemään, ja perille päästyämme mies tarjosi iltapalaa. Pesimme hampaat, ja minä avasin hiukseni. Pöyhin niitä hitaasti, ja huomasin miehen katsovan minua hellästi. Polveni notkahtivat velliksi. "Hyvältä näyttää", mies kuiskasi pöyhittyäni tukkaani jonkin aikaa. "Ei kun multa katosi pinni jonnekin tukkaan..." tuskastelin. Mies astui lähemmäs ja alkoi itse pöyhiä hiuksiini. Siinä vaiheessa en olisi pannut pahakseni, vaikka hän olisi ottanut minut kylpyhuoneen seinää vasten. Kävelimme kuitenkin makuuhuoneeseen, riisuuduimme ja pujahdimme peiton alle. Meinasin alkaa nukkua, mutta mies sanoi: "Hei, käänny vaan tänne muhun päin." Tottelin käskyä. Silittelimme toisiamme hellästi ja jutustelimme samalla. Vähitellen yksi asia johti toiseen, ja rakastelimme kiihkeästi ja pitkään. Istuessani miehen sylissä avasin silmäni, ja näin miehen silmissä pelkkää ihailua, pelkkää puhdasta ihailua. Nautin miehestä sisälläni, nautin seksistä, nautin koko tilanteesta. Melkein pelkäsin omaa kiihkeyttäni ja kiihottuneisuuttani, ja eniten pelkäsin tunnetta, joka sisälläni heräsi. "Tämä on vain yhdenillanjuttu", tolkutin itselleni mielessäni. "Pitää ottaa kaikki irti tästä hetkestä..."

Aamulla heräsimme vierekkäin. Mietin, mitä nyt tapahtuu, ja pitäisikö minun lähteä. Mies heräili myös ja katsoimme toisiamme. "Mä vaan mietin, että mitäs nyt sitten..." sanoin. Mies katsoi minua lempeästi silmiin ja hymyili. Hänen kätensä silittelivät selkääni ja koko vartaloani – minua alkoi uudelleen kuumottaa. "Niin, että haluaisitko sä, että mä lähden?" kysyin. "Hei, älä ota stressiä. Sä voit kyllä jäädäkin", mies sanoi hiljaa ja hymyili. Hivuttauduin varovasti lähemmäs miestä, ja uppouduimme kuumaan suudelmaan. Tunsin jotain, mitä en ollut tuntenut edellisen kumppanini kanssa – himoon oli sekoittunut jotain paljon suurempaa. Oliko se rakkautta? Avasin silmäni, ja mies katsoi minua. Näin hänen silmissään samaa, mitä minäkin tunsin. Samalla hetkellä tiesin, ettei se tulisi jäämään yhdenillanjutuksi. "Mä himoitsen sua ihan kamalasti", mies mutisi huulet omiani vasten. "Mäkin sua..." kuiskasin.

Makoilimme rakastelun jälkeen sylikkäin ja katselimme toisiamme. "Mä taidan ihan tosissani tykätä susta. Mä taidan olla ihastunut", mies sanoi hiljaa silitellen lantioni kaarta. Hymyilin vienosti. "Niin mäkin susta, sanoin. Se päivä oli alku jollekin kauniille. Se oli alku vuosisadan rakkaustarinalle. Opin miehen kohtaamisesta, että rakkaus astuu usein elämään juuri, kun sitä vähiten odottaa. Täytyy vain pitää silmänsä auki ja olla avoimin mielin.

Kristiina Pohjalainen
Vihasta rakkauteen

V ihasin, tykästyin, ihastuin ja rakastuin.
Niin meidän juttu alkoi Jussin kanssa. Nykyään nau-
ramme sille, miten tapasimme, kuinka tappelimme kes-
kenämme ja kuinka se hevonen todellakin rakkaudesta potkii.

Tapasin Jussin ensimmäisen kerran yhteisen ystäväni kautta.
Hän tunkeutui seuraamme baarissa, hän teki olonsa näkyväksi
ja ryösti kaiken huomion itselleen. Silloin pidin häntä erittäin
ärsyttävänä ja turhana ihmisenä, sellaisena, johon en koskaan
tahtoisi tutustua lähemmin. Viha oli silloin kuulemma liian
vahva sana, mutta kyllä, minä todellakin vihasin häntä aluksi.

Hän teki kaikkensa saadakseen minut suuttumaan, työnsi minut
äärirajoille asti. Hän sai kokea minun vihan purkautumisen huu-
tona sekä välillä iskuina käsivarsiin. Jussin huonot vitsit ärsytti-
vät minua, hänen liian itsevarma olemus sai minut raivon par-
taalle. Kaikki hänessä oli etovaa ja inhottavaa. Ja vielä kermana
päälle, kaikki minun naispuoliset ystäväni tuntuivat palvovan
maata hänen jalkojensa alla.

Kerran istuin yksin kahvilassa. Rakastin istuskella lempikah-
vilassani hyvän kirjan ja mainion kahvin parissa. Se iltapäivä
oli kovin hiljainen, joten kahvila huusi tyhjyyttään. Se ei silloin
haitannut minua – sainhan lukea kirjaani rauhassa.
   Tuttu miesääni keskeytti ajatukseni kirjan monimutkaisesta
juonesta, ja äänen tunnistettuani vaihdoin ilmettäni salamanno-
peasti. Sanoin hänelle, ettei hän olisi tervetullut seuraani, mutta

vastoin tahtoani hän istui minua vastapäätä ja kyseli, mitä kirjaa luen. Pidettyäni Jussille pitkän puheen kirjasta ja sen hahmoista, hän vain hymyili ja totesi: "Olet höpsö lukutoukka". Tuo lause sai minut silloin hämilleen, ja se iltapäivä kului Jussin kanssa rupatellen ensimmäistä kertaa kuin kaksi aikuista ihmistä.

Hän kertoi, kuinka pahoillaan oli siitä, millaisen kuvan itsestään oli antanut minulle, ja ettei kestänyt suuria määriä ihmisiä ympärillään. Hän väitti, että hänen oli näyteltävä koko ajan, jotta muut luulisivat hänen olevan porukan vahvin lenkki. Kun hän oli riisunut turhamaisen naamarinsa yltään, huomasin, kuinka mukava ja mielenkiintoinen ihminen hän oikeasti oli.

Tuon kahvilahetken jälkeen näimme melkein päivittäin, mutta aina vain kahvin merkeissä. Joka päivä hän kertoi lisää uusia asioita itsestään ja minä kuuntelin. Hän oli lyhyen elämänsä aikana ehtinyt tehdä melkein kaikkea ja minun oli myönnettävä, että olin hieman kateellinen hänelle. Jussi kertoi, kuinka oli käynyt Euroopassa kiertelemässä monia maita, kuinka hän oli tavannut siellä uusia ihmisiä, joihin edelleen piti yhteyttä. Hän kertoi tulevaisuudensuunnitelmistaan ja siitä, kuinka hän vielä joskus lähtisi maailmanympärysmatkalle.

Yllätykseksemme huomasimme olevamme kiinnostuneita samoista asioista. Hänkin rakasti lukemista, elokuvia, musiikkia ja jopa kirjoittamista. Häneltä löytyi kuulemma muutama runokin pöytälaatikosta, mutta niitä hän ei koskaan suostunut minulle näyttämään. Minä puolestani kerroin Jussille kirjoittavani englanninkielistä novellia, jonka toivottavasti saisin joskus julkaistua.

Eräänä iltana huomasin uppoutuneeni omiin ajatuksiini television ääressä. Jussi pyöri mielessäni enemmän kuin oli tarvetta, mutta en pystynyt lopettamaan hänen ajattelemistaan. Mielessäni pyöri hänen täydellinen ulkomuotonsa, hänen tummanruskeat hiuksensa, täydelliset huulensa sekä merensiniset silmänsä. Enkä myöskään ollut unohtanut niitä päiviä, jotka olin viettänyt hänen seurassaan. Olin nauttinut hänen seurastaan siitä huolimatta, että vihasin häntä heti ensitapaamisen jälkeen. Hän oli saanut vakuutettua minut siitä, että hän oli loppujen lopuksi hyvä tyyppi.

Silloin odotin tulevaa päivää enemmän kuin mitään muuta – menisimme jälleen kahville ja minä myöntäisin olevani ihastunut häneen.

Kahvilassa kaikki ei mennytkään suunnitelmien mukaan. Sanani jäivät kiinni kurkkuuni enkä saanut suustani ulos mitään järkevää. Jussi ihmetteli käytöstäni, ja totesin kylmänrauhallisesti olevani hieman kipeä. Jussi sivuutti aiheen ja alkoi kertoa tulevasta baari-illasta. Hän kutsui minut mukaansa, ja minä epäröin hetken, mutta kun kyseessä oli Jussi, enhän minä enää ihastukseltani osannut sanoa hänelle "ei".

Olin panostanut iltaa varten, itse asiassa liian paljon. Olin valinnut vaatteeni huolellisesti, meikannut normaalia pidempään ja jopa vaivautunut laittamaan hiuksenikin nätiksi. Eikä tämä ollut tehty turhaan – Jussi kehui heti ulkonäköäni, kun hän tuli minua vastaan baarin ovelle.

Ilta oli mennyt hyvin, mutta valomerkin jälkeen kaikki olivat suuntaamassa kotiin. Minä olin pettynyt, olin odottanut liikoja tältä illalta. Suoraan sanottuna hakkasin päätäni seinään Jussin kohdalla, sillä tiesin, etten ollut ainoa, joka huomasi hänen virheettömän ulkonäkönsä. Narikassa ovimies antoi takkini lappua vastaan, ja minä puin takin pikaisesti päälle. Kun pääsin ovesta ulos, Jussi juoksi perääni. Hän tarjoutui saattamaan minut kotiini enkä minä pistänyt vastaan.

Matka meni nopeasti. Kertasimme illan tapahtumat ja nauroimme eräälle tytölle, joka oli kompuroinut korkokenkiinsä tanssilattialla. Naurun laannuttua hymyiksi hiljaisuus valtasi ympäristömme. Lähestyimme kerrostaloa, jossa minä asuin, ja kun olin menossa kohti ovea, Jussi otti minua hellästi kädestä kiinni. Tiesin jo mitä silloin tulisi tapahtumaan. Perhoset liitelivät vatsassani hullun lailla, sydämeni hakkasi niin lujaa, että luulin sen tulevan pian läpi rinnastani. Jussi tuijotti minua suoraan silmiin, sipaisi sormenpäällään poskeani ja hymyili. Tähän ei tarvittu sanoja, ajattelin, ja annoin hänen suudella minua.

Viikkojen kuluessa meidän viha-rakkaussuhteemme alkoi kallistua rakkauden puolelle. Kaikki ystävämme ihmettelivät meidän päätöstämme alkaa seurustella, sillä he tiesivät, kuinka paljon olin alun perin vihannut Jussia. He olivat autuaan tietämättömiä siitä, että me olimme Jussin kanssa nähneet melkein päivittäin lempikahvilassani ja tutustuneet toisiimme paremmin, syvemmin.

Kuukausien päästä suhteemme oli jo niin vakavalla pohjalla, että olimme päättäneet muuttaa yhteen. Yhdessä asuminen oli taivaallista, sillä Jussi ei ollut tyypillinen mies – hän siivosi, tiskasi ja jopa pesi pyykkiä. Unelmieni mies.

Eikä mennyt kauan, kunnes Jussi päätti kosia minua. Hän oli selvästi mies, joka halusi hoitaa asiat kunnolla. Niinpä hän oli varannut meille pöydän liian kalliista ravintolasta ja kosi minua polvillaan julkisella paikalla. "Ei mahdollisuutta sanoa 'ei'", nauroin. Kihlaus oli piste i:n päälle, ja rakkautemme vain syveni. Naimisiin menimme vuotta myöhemmin sinetöidäksemme meidän suhteemme.

Nyt elämme onnellisesti yhdessä ja minä odotan yhteistä lastamme. "Rakkaudesta se hevonenkin potkii" oli lausahdus, joka piti paikkansa meidän niin sanotun suhteemme alkutaipaleella. Minä rakastan Jussia ja hän rakastaa minua. Mitä muuta minä tässä maailmassa tarvitsisin?

Mette Hämäläinen
Ei yhdessä, ei erikseen

Sen kauniin kesäpäivän muistan yhä kuin eilisen, ja se kantaa edelleen suurta merkitystä elämässäni. Se oli loppukesää, elokuuta. Tuona päivänä pystyi jopa aistimaan sen ilmassa leijuvan hyväntuulisuuden. Heti astuessani ulos kotiovestani tunsin, kuinka auringon hehku lämmitti suloisesti poskipäitäni ja tuoksu oli raikkaan kesäinen. Kepeät askeleeni tuntuivat kuljettavan minut bussipysäkillekin nopeammin kuin koskaan aiemmin. Olin sopinut tapaavani ystäväni Mirjan naapurikaupungissa, joten matkustin sinne bussilla. Bussi saapui ajallaan ja oli tällä kertaa melkoisen tyhjä. Nousin kyytiin ja istuuduin bussin keskiosaan kuten tavallisesti. Myöhemmältä pysäkiltä kyytiin nousi myös meluava joukko minua hieman vanhempia poikia. He kulkivat kohti bussin takaosaa ja kaksi heistä tervehti minua kulkiessaan ohitseni. Toisen heistä tunsinkin, hän oli vanha kaverini Petteri. Loppuja porukasta en tiennyt kuin nimeltä. Ihmettelin suunnattomasti miksi myös Temoseksi kutsuttu poika oli myös tervehtinyt minua niin iloisesti. Olimme tavanneet joskus aikaisemminkin Petterin kautta, hän kun oli meidän molempien kaveri, mutta emme tuolloin olleet varmasti tehneet kovinkaan hyvää ensivaikutelmaa toisiimme. Muistan kuinka Temonen, etunimeltään Saku, oli vain koko ajan soittanut minulle suutaan, joten ajattelin, että hän taitaa lähinnä inhota minua. Sen takia en ollut itsekään käyttäytynyt mitenkään hyvin. Aivan kuin jokin tuossa pojassa olisi kuitenkin nyt muuttunut, ja huomasin itsekin ajattelevani hänestä heti paljon positiivisemmin. Liekö kesä pistänyt poikaparankin pään sekaisin, vaiko armeija tehnyt hänestä miehen. Tiesin, että Temonen oli aloittanut armeijan samaan aikaan Petterin kanssa, ja että he kulkivat samalla kyydillä. Tiedä häntä. Pudistelin vain itsekseni päätäni ajatuksistani huvittuneena.

Poikaporukka jäi kyydistä minua aikaisemmin, ja Petteri huikkasi vielä mennessään: "Törmäillään ehkä vielä myöhemmin tänään!" Heilautin rennosti kättäni tervehdykseksi. Itse hyppäsin pois bussista seuraavalla pysäkillä, keskustassa, jossa Mirja olikin jo minua vastassa. Halasimme ja jatkoimme yhdessä matkaa jalkaisin kohti satamaa ja Myllysaaren rantaa, jossa etenkin nuoret viettivät usein kesäiltojaan. Myllysaaressa ei sillä kertaa ollutkaan paljon ikäistämme seuraa ja viihdyimme siellä vain hetken. Oli kuitenkin kivaa vain kävellä rauhallisesti pitkin satama-altaan reunustaa ja nauttia kauniista maisemista. Vielä kun voi. Ennen kuin kesä olisi kokonaan ohitse ja syksy taas tavoittaisi. Takaisin satamaan saavuttuamme kävimme ostamassa itsellemme juotavaa yhdestä paikan monista pikkukioskeista ja istuuduimme mukavasti puistonpenkille. Vähän aikaa ehdimme siinä tarinoida naisten hömpänpömppä-juttuja, ennen kuin keskustelu katkesi kovaääniseen kiljaisuun. Joku tarrasi kylkiini ja huudahti samalla jotain. Luultavastikin hänen oli tarkoituksena säikäyttää minut, siinä se joku totisesti onnistuikin. Olimme keskittyneet niin tiiviisti omiin juttuihimme, ettemme kumpikaan olleet lainkaan huomanneet taaksemme ilmestyneitä Sakua ja Petteriä, joka nyt oli napannut molemmin käsin kiinni kyljistäni. "Mitäs neidit?" heitti Petteri. "Missäs loput jätkät on?" kysyin sitten. "Ne jäivät tuonne keskustaan, mutta me haluttiin kaunista naisseuraa", vastasi Petteri virnuillen. "Hahahah!" nauroin muka huvittuneena. "No mutta kai se sopii että vietetään iltaa teidän kanssa?" Petteri katsoi meitä kysyvästi. "Kai se sitten käy", vastasimme Mirjan kanssa.

Ilta kului mukavasti vaihteeksi poikien seurassa ja heillä olikin monia hauskoja juttuja kerrottavanaan. Kun Saku vähän rentoutui, hänkin alkoi puhua enemmän, ja saimme tutustua häneen ja hänen todelliseen luonteeseen paremmin. Oikein hauska ja ystävällinen poika hänestä oli tullut, ja näin hänet nyt aivan uusin silmin. Aika kului kuin siivillä. Myöhemmin illalla kapusimme ylös Linnoituksen vallien reunalle ja istuuduimme vierekkäin pehmeälle nurmikolle. Edessämme avautui uskomattoman upea näkymä alas satamaan, kauas Saimaalle ja ylös kirkkaalle tähtitaivaalle. Illan kylmetessä Saku riisui farkkutakkinsa ja asetti sen harteilleni pitämään minut lämpimänä. Olin hyvin otettu tästä huolenpidosta ja painauduin tiiviimmin kiinni Sakun kylkeen. Keskustelimme pitkälle yöhön. Vaihdoimme muutaman kömpelöhkön suudelmankin juuri sillä tavoin kuin kaksi toinen toisilleen lähes tuntematonta ihmistä voi vaihtaa. Ihastelimme taivaalla näkyvää tähdenlentoa, ja koko hetki tuntui olevan juuri niin romanttinen kuin mistä olin aina haaveillut. Mutta tunne sisälläni oli vieläkin ihanampi kuin mitä olin pystynyt kuvittelemaan. Lopulta koitti kuitenkin aika, jona meidän piti hyvästellä pojat ja erkanimme, kukin omaan kotiinsa.

Mirja ja Petteri olivat edenneet pidemmälle jutussaan ja sopineet tapaamisen seuraavaksi illaksi, ennen kuin pojat lähtisivät takaisin armeijaan. Lähdin Mirjan mukaan salaa toivoen tapaavani myös Sakun. Keskustassa kohdattuamme pojat Mirja ja Petteri siirtyivät suoraan sisälle autoon istumaan ja keskustelemaan, ilmeisesti jotakin tärkeää ja kahdenkeskeistä suhteensa jatkosta. Me jäimme Sakun kanssa vähän hölmöinä seisomaan ulkopuolelle, mutta tunnelma oli jotenkin kiusaantuneempi kuin edellisenä iltana. "Joo-o", Saku köhäsi viimein, ilmeisesti vain rikkoakseen ympärillämme vaivaavan, jo piinalliseksi käyneen hiljaisuuden. Emme ehtineet jutella juuri mitään, kun Mirja raotti auton ovea tullakseen ulos. Silloin Saku painoi hädissään kätensä hartioilleni, katsoi minua suoraan silmiin ja sanoi: "Jos se minusta on kiinni, niin tämä ei jää tähän." Saku hymyili

pehmeästi ja kumartui antamaan minulle pari ihanan kömpe-
löä suudelmaa. Juuri sillä hetkellä tuo tuntui olevan söpöintä,
mitä minulle oli ikinä sanottu. Saku asteli auton kyytiin ja me
jäimme Mirjan kanssa katsomaan perään, kun pojat suuntasivat
takaisin armeijan harmaisiin. Olimme kuitenkin jo aikaisemmin
vaihtaneet puhelinnumeroita Sakun kanssa, joten jäin vain jän-
nittyneenä odottamaan, mitä tuleman pitäisi.

Milla Kuusela
Poissa

Dan on yksin. Dan seisoi eilen makuuhuoneen oviaukossa. Näin hänen takanaan eteisen lipaston. Siinä päällä olivat kirjeesi ja kirjasi. Se pino oli surullisen näköinen. Puhki luettuja pokkareita ja rakkauskirjeitä. Kauniissa vaaleanpunaisissa kirjekuorissa. Niiden tuoksu oli jo kuitenkin kadonnut. Dan seisoi siinä liikahtamatta. Tuijotti vain jonnekin kauas. Hän tuijotti minun lävitseni auringonlaskua.

"Tiedätkös, musta tuntuu, että kun aurinko laskee täällä, se nousee Marille", Dan sanoi lähinnä itselleen. Yritin hymyillä, mutta tiesin hymyni olevan säälittävä. Ei Dan sitä kuitenkaan huomannut. Seisoi vain siinä. Tunsi aivan varmasti ne kirjasi ja kirjeesi selkänsä takana.

Dan kertoi eilen minulle, mitä sinä olit sanonut hänelle. Se oli silloin, kun sinun voimasi olivat lopussa. Te olitte maanneet sängyllänne kiinni toinen toisissanne ja sinä olit kuiskannut Danin korvaan: "Tanssi ja juo ja näe asioita, joita minulla ei ole ikinä mahdollisuutta nähdä". Dan oli alkanut itkeä. Yritti tietenkin salata sitä sinulta, mutta sinä huomasit, ja pyyhit hänen kyyneleensä. Minunkin silmäni kostuivat kuin salaa Danin kertoessa tätä. Dan pyyhki minun kyyneleeni ja hymyili. Hänen hymynsä oli niin suloinen ja lämmin. Silmät olivat kuitenkin surulliset. Hymy ei yltänyt niihin. Se oli liian pieni.

Käytin eilen teidän asuntonne vara-avainta, jonka annoitte minulle. Dan ei ollut vastannut soittoihini, eikä tullut avaamaan oveakaan. Tietenkin olin huolissani. Hän nukkui sängyllä. Lakanat olivat ryppyiset ja irti sängystä. Peitto oli osittain maassa. Koko asunnossa oli tunkkainen haju. Verhot olivat ikkunoiden edessä. Asunto oli likainen. Se oli täynnä tyhjiä ja puolityhjiä pulloja. Niitä oli kerääntynyt varsinkin sängyn ympärille. Minun oli pakko avata ikkuna ja raivata huonetta. Dan alkoi herätä vasta, kun olin kantanut kaikki pullot ulos, myös ne puolityhjät. Dan katsoa minua ihmeissään ja raapi päätään. Hänen hiuksensa olivat likaisina pystyssä. Hänellä oli jopa sänkeä kasvoilla. Voitko kuvitella Danilla sänkeä? Tai kunnon partaa? Pakko sanoa, että hän oli oudon näköinen. Ei hänen kasvoilleen sovi edes sellainen muodikas sänki.

"Mitä sä teet?" hän kysyi.

"Siivoan. Täällä löyhkää."

"Täällä mitään löyhkää. Ja kyllä mä itse siivoan."

"Koska? Sitten kun sinulla on joulupukin parta?"

Riitahan siitä syntyi. Dan alkoi huutaa minulle. Hän väitti pystyvänsä huolehtimaan itsestään. Hänellä ei kuulemma ollut mitään ongelmia.

Soitin kuitenkin hänen äidilleen. Se saattoi olla virhe, mutta pakko minun oli tehdä jotakin.

Näin eilen Danin juhlissa. Yllätyin, kun näin hänet siellä, mutta siellä hän oli. Hän näytti onnelliselta. Hän oli suihkunraikas, puhtaisiin tyylikkäisiin vaatteisiin pukeutunut ja ilman sänkeä. Hän nauroi muiden jutuille ja puhui minulle iloisia asioita. "Mä olen onnellinen", hän sanoi minulle. Minä epäilen. Vaikka hän näytti onnelliselta ja sanoi olevansakin, ei se tarkoita, että hän olisi. Hän pyysi myös anteeksi käytöstään. Hän oli vain niin turhautunut kaikkien kysymyksiin ja holhoavaan asenteeseen.

"Sä olet kuitenkin mun ystäväni. Ja Marin."

Hymyilin taas säälihymyäni, vaikka yritin hymyillä oikeasti. Se vain tuntui ikävältä vihlaisulta sydämessäni. Juhlista en osaa sanoa oikeastaan mitään. Keskityin liikaa Daniin. Minusta tuntuu, että minun pitää huolehtia hänestä nyt, kun sinä et ole sitä enää tekemässä.

"Tanssi ja juo ja näe asioita, joita minulla ei ole ikinä mahdollisuutta nähdä." Sitä minä ajattelen usein. Kuuntelen Didoa. Hänen sanansahan ne ovat. Ne sopivat sinulle. Ne ovat sinun sanasi myös.

Dan tuli eilen illalla minun luokseni. Hän puhui sinusta Mari. Istuimme sängylläni teemukit kädessä ja puhuimme. Puhuimme sinusta ja kuinka rakastamme sinua vieläkin. Itkimme ja puhuimme.
"Teetä ja sympatiaa", Dan nauroi, kun hain kolmannet mukilliset teetä meille. Sinun lempiteetäsi tietenkin. Dan kertoi myös pakanneensa sinun kirjasi ja kirjeesi. Ne olivat pahvilaatikossa, ja pahvilaatikko vinttikomerossa. Katsoin Dania hänen puhuessaan. Hän näytti niin suloiselta siinä sänkyni laidalla. Dankin katsoi minua. Sydämessäni tuntui oudolta. Laskimme mukimme maahan ja suutelimme. Hänen huulensa olivat kuivat.

Me tanssimme ja juomme. Ja näemme asioita, joita sinulla ei ollut mahdollista nähdä. Niin me teemme Danin kanssa. Aiomme matkustaa Nepaliin ja kiivetä vuorille. Aiomme sukeltaa valtamereen ja ottaa aurinkoa Egyptissä. Me käymme kaikissa baareissa ja tanssimme pöydillä. Aiomme maistaa kaikkia oudonnimisiä drinkkejä. Ja aina me muistamme sinua!
Mutta älä ole huolissasi. Minä pidän huolen Danista. Ja hän pitää huolen minusta.

Miia-Riikka Ervasti
Syötävän hyvää

Silmillä totisesti pystyy syömään, sillä niiden ruskeiden silmien jokainen katse nakersi palasia sydämestäni. Tiesin, ettei paluuta enää olisi, vaikken ollut tuntenut häntä kauan. Ne nopeat kosketukset, se pieni hymy, kun katseemme kohtasivat. Se sydämen tykytys, kun hän käveli kohti ja tiesin, etten pystyisi väistämään.

Päivät ilman katsetta tuntuivat kidutukselta, ja päivät, kun näin ne tummat silmät, tuntuivat kiduttavan täydellisiltä. Sormet, jotka koskivat ihoani, ja silmät, jotka upposivat syvälle mieleeni, olivat pian ainoat asiat, joita odotin. Ja tiesin saavani kokea sen kaiken taas uudelleen ja uudelleen.

Kuin huumetta, jota halusin vain saada lisää. Olin tahtomattani riippuvainen, mutta se tuntui syntisen hyvältä.

En edes tiedä, mistä tämä kaikki sai alkunsa, mutta se tempaisi minut vauhdilla mukaansa. Jokin kipinä syttyi sisälläni, ja säteilin pelkkää hymyä ulospäin. Perhoset pyörivät vatsassani, kun odotin seuraavaa kertaa kun näkisimme, kuin teinityttö odottaa ensimmäistä poikaystäväänsä.

Vähitellen huomasin miettiväni päivän ohjelmaa hänen aikataulunsa mukaan. En kuitenkaan myöntänyt olevan koukussa niihin silmiin. Tuntui hyvältä tietää, että joku todella välitti, halusi suojella kaikelta. Toisaalta osa minusta käski jarrutella, olimmehan molemmat vapaita tekemään mitä halusimme. Kurkussa kuristi ajatus nähdä hänet jonkun toisen kanssa. "Pelimies", kuten kuulin hänestä puhuttavan.

En kuitenkaan ollut valmis muuttamaan sitä, mitä meillä jo oli. Riidat kuin vanhalla parilla, ne saivat hetkeksi vihaamaan niitä ruskeita silmiä, kunnes ikävä valtasi mielen ja halusin antaa anteeksi ja tuntea taas sen lämpimän ja huolehtivan kosketuksen. Hänen seurassaan ei pystynyt olemaan allapäin. Hän vain tiesi mitä tehdä, jos työhaastattelu meni pieleen tai kaalilaatikko paloi uunissa mustaksi. Onkohan tämä liian hyvää ollakseen totta? Kenties, mutta iltaisin päätin, että aion nauttia jokaisesta hetkestä niin kauan kuin sitä kestää, ja pidin sanani.

Lähestyvä kesäloma muistutti itsestään tasaisin väliajoin. Tiesin, etten pystyisi näkemään häntä usein, asuimmehan eri kaupungeissa. Asioilla on kuitenkin tapana järjestyä, ja vaikka olenkin luonteeltani liian kova huolehtimaan tulevaa, yritin parhaani mukaan elää hetkessä. Sillä niitä hetkiä muisteli mielellään myöhemminkin.

Meillä oli yhteiset ystävät, eikä kukaan heistä tiennyt, mitä katseemme tarkoittivat. Mitä ajattelimme, kun emme nähneet toisiamme kokonaiseen päivään ja miksi hymyilimme alkuillasta tekstiviestille, joka kertoi kaiken olevan hyvin. Tämä oli jotain, mitä muiden ei tarvinnut tietää, jotain vain meille kahdelle. Tuntui välillä pahalta salata jotain kaunista, mutta jostain syystä ajatus elää salassa houkutteli. Meidän ei tarvinnut puhua siitä, se oli kirjoittamaton sääntö, sanomattakin selvää.

Olimme tunteneet jo useamman kuukauden, kun hän eräänä iltana saapui luokseni. Hänen ei koskaan tarvinnut tuoda mukanaan kukkakimppua, lahjoista puhumattakaan, eikä niin käynyt sinäkään iltana. Hän seisoi oveni takana niin komeana. Avatessani oven hän astui eteiseen ja kietoi vahvat kätensä ympärilleni ja puristi päättäväisesti mutta samalla hellästi. Painoin pääni hänen rintaansa vasten ja tunsin käsivarsien lihasten pullistelevan halauksen voimasta. Suljin silmäni ja hengitin hänen paitansa tuoksua, hänen tuoksuaan. Se uskomaton turvallisuuden tunne sai jalkani lähes tärisemään ja pettämään alta. Se tunne, kun tiesin, että vaikka niin kävisi, en kaatuisi, vaan hän pitelisi minua pystyssä ja sylissään, niiden vahvojen käsivarsien suojassa. Toivoin tämän hetken jatkuvan ikuisesti. Sanoja ei tarvittu, katse ja kosketus kertoivat kaiken. Tunsin viimeinkin olevani kotona, hänen kanssaan.

Jenni Kömi
Rakkaudesta

Vihaan hatarapäitä. Hatarapäät ovat ihmiskunnan pohjasakkaa. Hatarapäät kärsivät elinikäisvankeutta ja ovat vielä tyytyväisiä elämäänsä. Heille kellonajoilla tai viikonpäivillä ei ole väliä. He hymyilevät polttavalla helteellä ja räntäsateessa. He hymyilevät tuntemattomille linja-autoissa. He eivät edes huomaa omaa onnettomuuttaan, kunnes heidät siitä kylmästi herätetään. Hatarapäät syntyvät baareissa, juhlissa, työpaikan käytävillä. He muuttuvat normaaleista vessakirjailijoista ja koulutytöistä rakkausrunoilijoiksi ja avovaimoiksi. Vanhoilla arvoilla ei ole väliä hatarapäille. He alkavat uskoa jumaliin, lukevat politiikkaa ja käyvät mielenosoituksissa. He alkavat keräillä sisustuslehtiä ja viivyttelevät lastenvaateosastoilla.

Hatarapäisyys on tarttuva tauti. Virus lisääntyy pariskuntaillallisilla, perjantai-iltoina leffateatterissa ja juuri ennen joulua. Hatarapäät myös kertovat tartunnastaan kaikille, jotka vähänkään jaksavat näytellä kiinnostunutta. He esittelevät sormuksiaan, asuntolainojaan ja eksoottisia ruokareseptejään. He eivät huomaa kyynisiä katseita nurkista, eivätkä he välitä vanhempiensa kuolemasta tai ohimenneestä ylennyksestä. Heille hatarapäisyys on ainoa merkkaava tekijä.

Silitän tyynyltä sun tuoksuja,

kun makaan monta yötä hereillä.

Ajaudun muistojen rakasteltavaksi

ja luulen, että meitä on yhä kaksi.

Minä vannoin, että minusta ei tule hatarapäätä. En ala ostaa häälehtiä tai käydä kirpputoreilla. En peru ystävieni tapaamisia vain painuakseni toisen yhtä hatarapäisen syliin. En haaveile asuntokaupoista ja kalliista koivuvanerisohvasta. Pidättäydyn myös uskomasta pysyvään läheisyyteen. En usko turhia lupauksia. Ja pesen pyykkini tyytyväisenä yksin.

ANNE SAARI
Kasvava rakkaus

T uuli asteli ajatuksiinsa vaipuneena Kaupunginpuiston rantatietä. Hiekka ratisi askelten alla ja sorsat seurasivat herkkupaloja odottaen hänen kulkuaan. Tuuli ei kuitenkaan nähnyt eikä kuullut, sillä hän oli palannut muistoissaan puoli vuotta taaksepäin. Iltaan, joka muutti hänen loppuelämänsä.

Sinä marraskuun lopun pimeänä iltana hän oli ollut Tarun kanssa valmistautumassa firman pikkujouluun. He olivat avanneet viinipullon ja laittaneet bilemusaa soimaan. Firman pikkujoululta he eivät olleet suuria odottaneet, mutta niiden jälkeen oli perinteisesti lähdetty jonnekin jatkoille. Sitä silmällä pitäen he kumpikin olivat valinneet tyrmäävimmät asunsa.

He olivat päässeet pikkujouluihin juuri parahiksi kuulemaan toimitusjohtajan puhetta, jossa oli perinteiseen tapaan kiitelty kuluneesta vuodesta ja itse kunkin merkittävästä työpanoksesta. Puheen jälkeen oli ollut vuorossa ruokailu. Paikat oli etukäteen merkitty ja niinpä Taru ja Tuuli olivat joutuneet eri pöytiin. Tuuli oli hymähtänyt – niin hänen tuuriaan joutua firman eläkeläisten pöytään. Taru sen sijaan oli päässyt hallituksen puheenjohtajan seurueeseen ja viereensä hän oli saanut puheenjohtajan komean pojan, Ilkan.

Ruokailun jälkeen baarissa oli alkanut vapaa tarjoilu, ja tytöt olivat nauttineet muutamat viinilasilliset ennen kuin olivat päättäneet lähteä etsimään jatkopaikkaa.

He olivat päätyneet kaupungin nuorison suosimaan diskoon, Auroraan, jonne joutui aina jonottamaan. He olivat kuitenkin ehtineet nauttia jo sen verran viiniä, että olivat jaksaneet odottaa omaa vuoroaan hilpeinä.

Poke oli toivottanut kauniit neidit tervetulleiksi ja saanut vastineeksi hurmaavat hymyt heiltä kummaltakin.

Heidän jonottaessaan baaritiskille oli heidän ympärilleen kokoontunut pian joukko nuoria miehiä, muun muassa Ilkka. Heidän kanssaan juttu oli kulkenut ja Ilkka oli halunnut välttämättä maksaa heidän juomansa.

Tuuli oli syventynyt juttelemaan pitkän, komean ja tumman miehen kanssa. Mies oli esittäytynyt Kaiksi. Kai oli ollut niin pitkä, että oli joutunut kumartumaan Tuulin puoleen kuullakseen tämän puheen diskon pauhussa. Siinä Tuuli oli huomannut, että Kain partavesi oli tuoksunut miellyttävälle.

Jossain vaiheessa Tuuli oli huomannut porukan hajaantuneen heidän ympäriltään ja Tuulin siirtyneen Ilkan seuraan. Niinpä hän oli syventynyt uudelleen keskusteluun Kain kanssa.

Hieman ennen valomerkkiä he olivat poistuneet diskosta ja yrittäneet saada taksin lennosta. Pikkujouluaikaan se oli kuitenkin ollut mahdotonta. Niinpä he olivat päättäneet kävellä lähimmälle taksitolpalle, jossa sielläkin oli ollut melkoinen jono.

Aikansa jonossa seistyään he olivat alkaneet tuntea, miten kylmyys oli hiipinyt iholle. Kai oli kietonut kätensä Tuulin ympärille antaakseen edes hieman lämpöä.

Lopulta he olivat saaneet taksin ja Tuuli oli kertonut kuljettajalle osoitteensa. Taksin lämmössä he olivat suudelleet ensimmäisen kerran. Kai oli ollut taitava suutelija, ja hänen huulensa olivat olleet pehmeät.

Kun taksi oli pysähtynyt Tuulin kotitalon edessä, Kai oli maksanut kyydistä ja sanattomasta sopimuksesta he olivat nousseet autosta ja astelleet Tuulin neljännessä kerroksessa sijaitsevaan asuntoon.

Vaate vaatteelta he olivat riisuneet toisensa ja päätyneet Tuulin sängylle, jossa Kai oli ollut hellä ja taitava rakastaja. Pitkään ja kiireettömästi he olivat nauttineet toisistaan, kunnes aamun sarastuksessa olivat raukeina nukahtaneet toistensa syliin.

Päivä oli ollut jo pitkällä, kun Tuuli oli herännyt ja tajunnut, ettei Kai ollut enää hänen vieressään. Keittiön pöydällä oli ollut lappu, johon Kai oli piirtänyt sydämen ja kirjoittanut: "Kiitos ihanasta illasta ja yöstä. Soitellaan, Kaitsu."

Tuuli oli ollut pettynyt, mutta kuitenkin toiveikas ja luottavainen sen suhteen, että Kai soittaisi heti, kun arvelisi hänen heränneen.

Päivät olivat kuluneet, mutta Kain soittoa ei ollut koskaan kuulunut, eikä Tuuli ollut voinut soittaa hänelle, kun ei ollut tyhmyyksissään tullut kysyneeksi sen enempää miehen sukunimeä kuin puhelinnumeroakaan.

Eikä miestä ollut näkynyt enää Aurorassakaan, vaikka Taru ja Tuuli aina ajoittain siellä olivat käyneetkin. Tosin enää harvemmin, sillä Taru oli alkanut viettää yhä tiiviimmin aikaa Ilkan kanssa. Tuuli oli tuntenut olonsa petetyksi ja yksinäiseksi. Ihan hivenen hänen sydäntään oli särkenyt. Yö oli ollut hänen elämänsä ihanimpia ja hän oli toivonut, että Kai olisi ollut hänen elämänsä mies.

Tammikuun puolivälissä Tuuli oli alkanut miettiä, miten oli mahdollista, että hän oli yhä turvoksissa jouluruoista. Sitten hän oli tajunnut: hänellähän ei ole ollut kuukautisia marraskuun puolivälin jälkeen.

Hätäännys oli iskenyt mieleen ja hänen oli ollut siitä paikasta lähdettävä hakemaan raskaustestiä kulma-apteekista. Testiliuskaan oli ilmestynyt kaksi viivaa.

Tuuli oli soittanut Tarulle, joka oli kiirehtinyt välittömästi kriisi-istuntoon. Tuuli oli tiennyt tasan tarkkaan, milloin raskaus oli saanut alkunsa. Taru oli pitänyt ilman muuta selviönä, että Tuuli tekisi abortin ja hän tulisi mukaan tueksi.

Tuuli ei kuitenkaan ollut heti valmis päättämään. Hän oli antanut itselleen luvan miettiä asiaa kuun loppuun saakka. Niiden parin viikon aikana hänen päätöksensä oli vahvistunut. Hän pitäisi lapsen ja antaisi sille kaiken rakkautensa.

Nyt, kun toukokuu oli vaihtumassa kesäkuuksi, Tuuli asteli rantatietä ja hiekka ratisi hänen askeltensa alla. Hän hyväili hellästi vatsaansa ja tunsi pienen ihmisen liikkeet kätensä alla. Miten hän jo rakastikaan pientä poikaansa. Niin, hän tiesi jo odottavansa poikaa, jolle antaisi nimeksi Kai. Isänsä mukaan. Hän hymyili lempeästi auringonpaisteelle ja siniselle taivaalle. Joka puolella tuntui olevan nyt vauvoja tai odottavia äitejä. Hän hymyili vastaantulevalle pariskunnalle, joka työnsi yhdessä lastenvaunuja. Vaalea, pyöreä, pieni nainen ja pitkä, tumma, komea mies. Tuulin hymy jähmettyi.

Kai katsoi häneen eikä pieninkään ilme osoittanut miehen muistavan Tuulia. Ohitettuaan pariskunnan Tuulin oli istuttava lähimmälle penkille ja taisteltava pahaa oloaan vastaan.

Tuuli antoi itkun tulla kunnes hänestä tuntui, että hän oli tyhjä kyyneleistä. Hän istui kauan paikoillaan, kunnes kokosi itsensä, hengitti syvään rauhoittuakseen ja laski kätensä vatsalleen kuiskaten: Kai, sinua minä rakastan aina.

Nelli Turunen
Kevättä ilmassa

Saara oli viettänyt jo monta unetonta yötä, eikä häntä olisi sinä viikonloppuna huvittanut lähteä minnekään. Kesä oli lopuillaan, mutta tuntui, kuin se ei olisi ikinä alkanutkaan: työt toimistossa olivat tehneet koko kesästä yhtä tuskaa. Hän oli järjestellyt kansioita, mapittanut papereita ja keitellyt kahveja firman henkilökunnalle. Vaikka hommaa oli ollut paljon, hän oli tuntenut itsensä jatkuvasti ylimääräiseksi. Kravattimiehet ja jakkupukunaiset eivät olleet paljastuneet kovin miellyttäviksi työtovereiksi.

Aiheet, joista kahvitunnilla keskusteltiin, eivät kiinnostaneet Saaraa tippaakaan, ja tavallisesti hän olikin valinnut paikan ikkunan ääreltä ja syventynyt sinisen taivaan katseluun. Pääskysiä, valkoisia hattarapilviä. Kesä oli aurinkoinen, juuri täydellinen rantalomailuun ja kaupungilla notkumiseen, siihen kaikkeen, mihin Saaralla ei ollut mahdollisuutta tänä vuonna. Oli pakko tienata rahaa syksyä varten, sillä talvella tehdyt lomamatkat olivat syöneet hänen tililleen valtavan loven.

Toisinaan Saara onnistui bongaamaan taivaalta lentokoneita. Lähellä sijaitsevalta pienkonekentältä nousi ilmaan uhkarohkeita lentäjiä, jotka tekivät huimia syöksyjä taivaan halki. Ne näyttivät ottavan mallia linnuista: kohosivat ensin rauhallisesti ylöspäin ja sitten syöksähtivät salamana kohti maata, tekivät kiepin ja silmukoivat jälleen korkeuksiin.

Saara mietti, millaista olisi olla koneen kyydissä, ja ennen kaikkea, millainen mies lähti moiseen harrastukseen. Olivatko tyypit armeijan klanipäitä, jotka harjoittelivat maanpuolustusta? Vai kenties erakoituneita ukkeleita, jotka saivat ainoat kiksinsä ilmojen halki syöksymisestä? Ei, Saara päätti. Hänen unelmiensa pilotilla olisi ruskettuneet käsivarret ja lempeä ääni, vankkumaton tahdonvoima ja seikkailunhalu, joka vie hänet sekunnin murto-osassa maapallon toiselle puolelle ja takaisin.

Sinä perjantaina Saaraa väsytti kamalasti eikä hän jaksanut vastata ollenkaan kavereidensa bilekutsuihin, joita sateli kännykkään jo aamupäivästä. Hän katsoi telkkaria puoli kahdeksaan ja yritti sitten mennä nukkumaan, vaikka tiesi, ettei unen saaminen onnistuisi. Sellaista se oli ollut jo pidempään: hän kieriskeli levottomana, kävi hakemassa lasillisen vettä, kieriskeli jälleen ja nousi taas sängystään, meni parvekkeelle haukkaamaan raitista ilmaa.

Taivas oli yölläkin pilvetön. Tuhannet tähdet kirkastivat taivaan timanttimereksi ja Saaran valtasi haikea olo. Olisipa joku, jonka kanssa ihmetellä näkymää ja jolle heittää leikillään toiveita siitä, miten tähtikirkasta yötä olisi sopivaa juhlistaa kahden kesken. Ehkä samppanjaa ja silkkilakanat, tai sitten vain he kaksi ja parveke – kummin vain, kunhan ei tarvitsisi viipyä yksin upean maiseman äärellä.

Hiljaisuuden rikkoi kaukainen hurina, joka voimistui vähitellen. Saara siristeli silmiään ja erotti tähtien keskeltä kaksi valopistettä, punaisen ja vihreän. Ne näyttivät ensin etenevän tasaisesti taivaan halki, mutta äkkiä suunta muuttui ja pisteet alkoivat kieppua ja kaarrella hurjasti.

Saara istahti alas ja jäi seuraamaan näkyä henkeään pidätellen. Silmukoita, surmansyöksyjä ja arvaamattomia käänteitä, kuin häntä varten valmistettu öinen sirkusnäytös. Huomaamatta hänen silmänsä alkoivat painua kiinni ja pian hän vaipui uneen pää parvekkeen karheaan seinään nojaten. Aamulla herätessään hän hymyili: unessa hän oli päässyt ajelulle komean pilotin koneeseen.

Samassa hän sai kummallisen ajatuksen: miksei hän tekisi tänään pientä päiväkävelyä, kenties nauttisi kahvit lentokentän kahviossa? Niin, mikä ettei, Saara hymähti ja sulki parvekkeen oven perässään. Vaikkei hän tapaisikaan unelmiensa pilottia vielä tänään, nyt hän ainakin tiesi, ettei ollut kaupungin ainoa uneton.

Marjut Lehto
Love, only love

H än istuu samassa kahvilassa joka ilta. Samalla paikalla, nurkassa, ikkunan vieressä – yksin. Näen hänet aina iltaisin, kun kävelen kahvilan ohitse. On syyskuu ja sateinen torstai-ilta. Tulen kahvilan kohdalle, vilkaisen tapani mukaan ikkunasta sisään. Hän on siellä tänäänkin. Päätän tehdä poikkeuksen ja astua sisään, olen saanut kyllikseni sateessa kävelemisestä. Katson nurkkapöytään, jossa Hän istuu. Hänellä on edessään kirja, jota hän on uppoutunut lukemaan. Pian hän nostaa katseensa kohti minua. Käännän oman katseeni pois ja menen hakemaan kaakaota.

Menen istumaan sopivan matkan päähän hänestä ja vilkuilen häntä vaivihkaa. Hän on komein mies, jonka olen eläessäni nähnyt. Suuret, tummat silmät seuraavat ihmisten liikkeitä kahvilassa. Siirtäessään katseensa jälleen kirjaan, tummanruskeat hiukset valahtavat hänen silmilleen. Hän huitaisee hiukset pois silmiltään ja katsoo suoraan silmiini. Ruskeat suklaasilmät tuijottavat suoraan minua kohti, en käännä katsettani tällä kertaa, vaan hymyilen hänelle vienosti. Tunnen kuinka perhoset lentelevät vatsassani, kun hymy nousee hänen kasvoilleen.

Juon kaakaoni loppuun, nousen pöydästä ja lähden kävelemään rauhallisesti kohti ulko-ovea. Vielä ennen kuin poistun kahvilasta, katsahdan häntä kohti. Säkenöivät silmät katsovat minuun päin, Hän hymyilee jälleen. Hymyilen hänelle takaisin, avaan oven ja pian tuo salaperäinen komistus on vain lämpöinen muisto mielessäni.

Ulkona sataa edelleen, paljon enemmän kuin aikaisemmin. Olen vielä pitkän matkan päässä kodistani, mutta sade ja pitkä kävelymatka eivät saa mielialaani muuttumaan. Olen edelleen innoissani tapahtuneesta, enkä pysty ajattelemaan mitään muuta juuri nyt. En ole koskaan ennen tuntenut mitään tällaista. Aivan kuin aika olisi pysähtynyt, kun katseemme kohtasivat, aivan kuin maailmassa ei olisi ollut ketään muita kuin me, aivan kuin olisin rakastumassa häneen. Kavahdan ajatuksiani, mutta kun tarkemmin ajattelen, asia on juuri niin: olen rakastumassa häneen. Kuulostaa säälittävältä, enhän minä edes tunne häntä.

Saavun kotiini kylmissäni ja läpimärkänä, mutta se ei haittaa minua, olen edelleen onnellisempi kuin koskaan ennen. Ajatukset unelmieni prinssistä lämmittävät mieltäni, kaadun sängylleni ja suljen silmäni.

Syksyinen vesisade on ohi ja auringon säteet tunkeutuvat verhojeni välistä herättäen minut. Olisin mielelläni jäänyt unelmoimaan koko päiväksi, mutta pakotan itseni ylös sängystä, etten myöhästy koulusta.

Hypin rappuset alas, hymyilen ja toivotan hyvät huomenet talonmiehelle, jolle en tavallisesti puhu mitään. Minulla on epätodellinen olo, en tee normaalisti asioita, joita olen tehnyt tänään. Kaikki tämä vain eilisen vuoksi, eilisen, jolloin olin seitsemännessä taivaassa kohdatessani Hänet.

Koulussa en pysty keskittymään mihinkään, katselen ikkunasta ulos, pilvet peittävät auringon säde säteeltä. Pian koko taivas on pilvien peitossa ja alkaa sataa kaatamalla. Vesi valuu pitkin ikkunoita, ja koulun nurkalla kasvavan koivun oksat hakkaavat ikkunalautaa. Väitetään, että ihmiset rakastavat sitä vuodenaikaa, jolloin ovat syntyneet. Olen syntynyt syksyllä, mutta en ole koskaan pitänyt sateisimmasta ja masentavimmasta vuodenajasta, en koskaan – en ennen tätä syksyä.

Havahdun opettajani sanoihin hänen toivottaessaan meille hyvää viikonloppua. Olin uneksinut koko tunnin, enkä ollut keskittynyt hänen luentoonsa yhtään. Luokkakaverini olivat huomanneet tämän ja tulevat kyselemään syytä huolestuneen oloisina. Kerron kaiken olevan kunnossa ja sanon olevani vain väsynyt rankan kouluviikon jälkeen. Sanon myös viettäväni viikonlopun kotona rauhallisissa merkeissä. Makaan sängylläni ja kuuntelen musiikkia, aika kuluu hitaasti. Vihdoin ilma alkaa hämärtyä ja päivä kääntyy illaksi, lähden perinteiselle iltakävelylleni. On romanttisin syysilta vuosiin; vettä sataa hiljalleen, puut humisevat tuulessa, kauniin kellertävät lehdet leijailevat maahan. Pysähdyn, kuulinko oikein? Kyllä, kaukana jyrisee ukkonen, olen pelännyt ukkosta pienestä tytöstä asti. Lähden kävelemään ripeämmin.

Saavun kahvilan kohdalle ja astelen sisään, katson hänen vakiopaikalleen. Hän ei ole siellä. Kuljeskelen kahvilassa katsellen ympärilleni ja etsien häntä – turhaan. Haen jälleen höyryävän kaakaon ja istahdan syrjäiseen pöytään. Kuulen kuinka kahvilan ovi kolahtaa, katson ovelle päin, se on Hän. Haettuaan kahvin hän lähtee kävelemään minua kohti. Sydämeni pomppaa kurkkuun, kun hän kysyy onko pöydässäni tilaa. Vastaan myöntävästi ja olen onneni kukkuloilla. Kahvila on täynnä tyhjiä pöytiä, mutta hän haluaa tulla kanssani samaan pöytään.

Mies esittelee itsensä Juhaniksi. Kerromme toisillemme omat elämäntarinamme, ja minusta tuntuu kuin olisin tuntenut hänet aina, koko lyhyen elämäni ajan. En voi uskoa tätä hetkeä todeksi, unelmieni prinssi, tuo salamyhkäinen mies, istuu juuri nyt minua vastapäätä kertomassa itsestään ja elämästään. Hukun jälleen hänen silmiinsä, kauniisiin suklaasilmiin, jotka säteilevät pimeässä kahvilassa. Tipahdan pilvilinnastani takaisin maan pinnalle ukkosen jyrähtäessä.

Juhani tiedustelee loppuillan suunnitelmiani. Kerron, että suunnittelin meneväni viettämään rauhallista koti-iltaa. Onnistun myös tunnustamaan sivulauseessani, että pelkään ukkosta suunnattomasti. Hän naurahtaa lipsahdukselleni ja tunnustaa myös pelkäävänsä ukkosta. Toistemme ajatuksia täydentäen tulemme siihen lopputulokseen, että vietämme illan yhdessä Juhanin luona.

Lähdemme kahvilasta, ulkona salamoi ja vesi paiskautuu maahan raivokkaasti. Käännymme kapealle kadulle, ja Juhani kertoo meidän olevan aivan pian perillä. Minulla on edelleen hyvin epätodellinen olo. Kuinka tällaista voikaan käydä minulle – minulle, jolle ei ikinä tapahdu mitään.

Avattuaan asuntonsa oven, en ole uskoa silmiäni. Hänen pieni asuntonsa on sisustettu romanttisesti. Kynttilöitä, punaiset verhot, huone täynnä lämpimiä värejä… Näky on henkeäsalpaava. Istahdan sohvalle haltioituneena ja kerron Juhanille hänen asuntonsa olevan kauneinta, mitä olen nähnyt. Hän sytyttää kynttilät, istuu viereeni ja kietoo kätensä ympärilleni. Nojaudun varovasti hänen olkapäähänsä ja katsahdan häntä kohti. Hän hymyilee ja katsoo syvälle silmiini. En ole milloinkaan ollut näin onnellinen kuin nyt, kynttilöiden valossa, turvassa ukkoselta ja salamoinnilta.

EVE KORHONEN
Satama

Olit elämäni ensirakkaus. En voi koskaan unohtaa sinua, enkä haluakaan. Niin paljosta saan olla sinulle kiitollinen. Sinä ilmestyit elämääni juuri silloin, kun olin pohjalla. Silloin, kun aurinko ei enää paistanut minulle, silloin, kun eniten kaipasin jonkun nostamaan minut takaisin pinnalle. Hellästi autoit minut jaloilleni, näytit suunnan ylöspäin. Ja vaikka minä kuinka pelkäsin ja epäilin, et antanut minun horjua. Rakastavasti tuit minua elämäni aallokossa.

Aikamoista myrskyä se olikin, sitä ei kukaan voi kieltää. Minua oli satutettu, pahimmalla mahdollisella tavalla. Sydämeni oli särjetty tuhansiksi sirpaleiksi, eikä itselläni ollut voimia kerätä sitä kokoon. Olin hauras, niin kovin hauras. Ainoa asia, mitä jaksoin tehdä, oli vihata. Vihasin koko maailmaa, jokaista miestä, jokaista onnellista paria. En toivonut mitään muuta yhtä paljon kuin että jokainen tuntisi saman, mitä itse olin joutunut kokemaan.

Tiedän nyt itsekin, miten lapsellinen silloin olin. Mutta silloin minulla ei ollut muuta, vain itseni ja vihani.

Aluksi olin varma, että olisit samanlainen kuin kaikki muutkin. Että olisin vain välisatama valtamerelläsi, lyhyt pysähdyspaikka pitkän matkasi jälkeen, jota et kohta enää edes muistaisi. Ja voi miten minä halusinkaan murtaa aluksesi. Hukuttaa sen rantaveteeni. Polttaa palasiksi. Tuhota. Murskata.

Mutta sinä et ollut mikään tavallinen alus. Vakaasti ja varmasti

purjehdit kohti satamaani, et edes katsellut muualle. Jokin su-
rullisessa ulkoasussani veti sinua magneetin lailla puoleensa.
Laivasi ei kääntynytkään pois, niin kuin niin monet muut aikai-
semmin. Sinä et hakenut räiskyvää tai energistä, et epävakaata
tai väliaikaista. Minun satamani, usvainen ja hauras, oli juuri
se, mitä olit etsinyt.

Sinulla oli ihmeellinen taito käsissäsi. Lahonneiden laitureiden
lisäksi korjasit myös särkyneitä sydämiä. Kärsivällisesti sinä jak-
soit uurtaa. Päivästä toiseen, viikosta viikkoon, enkä voi muuta
kuin ihailla sitkeyttäsi. Ja vaikka kuinka pyristelin vastaan, et
päästänyt minua käsistäsi. Olit lujasti ankkuroinut aluksesi sa-
tamaani. Pahimmatkaan myrskyt eivät saaneet meitä erilleen
toisistamme.

Autoit minua unohtamaan. Opetit minua katsomaan eteenpäin,
pitämään pään pystyssä. Sanoit, etten nähnyt merta aalloilta.
Silloin en ymmärtänyt, mutta nyt tiedän, mitä tarkoitit. Olin
kääntynyt liiaksi sisäänpäin, olin rakentanut niin valtavat suo-
jamuurit ympärilleni, etten enää voinut nähdä muuta kuin it-
seni. Eikä kukaan nähnyt minua. Kukaan ei pystynyt näkemään,
miten kaunis satama todella olin. Kaikki halusivat vain kiertää
korkeat muurini kaukaa, kenelläkään ei ollut rohkeutta katsoa
niiden taakse.

Mutta sinä olit nähnyt niiden muurien sisäpuolelle. Olit nähnyt
silmissäni pyynnön, pienen ja hiljaisen. Auta. Päästä. Pelasta.

Sinä opetit minua rakastamaan. Sinun kanssasi sain myös ensi
kerran tuntea, miltä tuntui olla rakastettu. Minun ei tarvinnut
enää pelätä, sinä seisoisit vierelläni aina. Aluksesi oli ankku-
roitu pysyvästi satamaani. Ja vaikka syysmyrskyt saivat myös
mieleni yhdeksi valtavaksi aallokoksi ja saatoin irrottaa laivasi

laituristani, tiesin sinun aina palaavan. Illan tultua ja aallokon laannuttua sytytin merilyhtyni. Sen valo kutsui sinua luokseni ja kertoi, että kaikki oli taas hyvin. Tule kotiin, se kutsui sinua. Ja sinä tulit. Otit syliisi, rakastit rehellisesti.

Sinä syksynä kun minun oli päästettävä sinut lähtemään, ilma oli erityisen kirpeä. Muuttolinnut olivat lähteneet viikkoja aiemmin, ja sinunkin silmissäsi paloi kaipuu. Olin nähnyt sen ennenkin, viime vuonna samaan aikaan. Silloin en ollut nähnyt vastausta silmistäsi, en ollut katsonut tarpeeksi syvälle. Niissä silmissä oli pyyntö, pieni ja hiljainen. Päästä. Ja kun syksy tuli, se mursi minut. Se syksy halvaannutti sinut, söi alustasi sisältäpäin, tappoi kevään loisteen silmistä. Laivasi ei enää riuhtonut köyden päässä aallokossa, se oli niin väsynyt. Väsynyt ja onneton. Purjeet valuivat repaleisina alas mastoa. Poissa oli kaikki se aikaisempi komeus ja ylväys, tilalla pelkkää epätoivoa, luovuttamista.

Vasta silloin minulla oli taas aikaa katsoa silmiisi. Enää ei ollut jäljellä kuin se, mitä minun oli ollut aikaisemmin mahdoton nähdä. Se oli niin ilmeistä, niin väsynyttä. Se katse sattui.

Ja vaikka se sattui niin että hengittäminen oli mahdotonta, tiesin, että se oli ainoa vaihtoehto. Pieni ääni sisälläni toisteli sitä. Kertoi, että tein kuten piti. Ja minä tiesin, tiesin sen. En siksi, että sinä pyysit sitä minulta silmilläsi, en siksi, että ihmiset toistelivat sitä minulle. Vaan siksi, että minä olin nähnyt ne silmät. Auta. Päästä. Pelasta. Nyt ne olivat olleet sinun silmäsi.

Jossain muualla sinua odottaisi uusi satama uusine haasteineen. Sinä olit korjannut minut, kärsivällisyydellä ja suunnattomalla rakkaudellasi. Nyt minä olin valmis, tarpeeksi vahva kohtaamaan elämän aallokot, niin suuret kuin pienetkin. Enää en pelkäisi rakastaa, enää aallot eivät söisi minua pois. Enää koskaan en sortuisi hiekan lailla veteen.

Ja niin minun oli pyyhittävä suolaiset kyyneleeni ja päästettävä sinut lähtemään.

Suvi Virtanen
Elossa

Tiesin olevani hereillä, mutten halunnut avata silmiäni. Halusin vajota takaisin autuaaseen tiedottomuuteen, maailmaan, jossa ei ollut krapuloita eikä sydänsuruja. Tunsin kirpaisun rinnassani samalla kun muistoja, toinen toistaan yksityiskohtaisempia, tulvi mieleeni. En halunnut nousta ylös ja tunnustaa, että olin hävinnyt. Maailmani oli muuttunut. Jokainen liike tuntui vaivalloiselta. En halunnut mitään muuta kuin olla turta, unohtaa. Oli mahdotonta tehdä arkisimpiakaan askareita. Kaikki muistutti siitä, mitä olin kieltänyt itseäni ajattelemasta. *Hänestä.*

"Sanna?"

Havahduin jostain kaukaa horroksesta, omasta linnakkeestani, jonne eivät arjen huolet yltäneet. Joku olisi voinut kutsua sitä humalaksikin.

"Niin?" sain kakisteltua vastauksen. Oma ääneni tuntui joskus vieraalta.

"Ihmettelin vaan, että mitä sä mietit? Et ole puhunut mitään varttiin…"

Kohdistin katseeni vaivalloisesti ystäväni lievästi huolestuneisiin silmiin.

"Kai mua vähän väsyttää."

Se oli osittain totta. Nukkumisesta ei ollut tullut mitään pitkiin aikoihin.

Mielessäni vilahti kuva ja tunne, lämpimät kädet kiertyneenä ympärilleni. Olin ollut turvassa.

Pudistin päätäni. Välillä tuntui kuin en pysyisi koossa, kuin hajoaisin kappaleiksi siinä kaikkien silmien edessä. Siksi puristin hetkeksi kädet rintani päälle, varmuuden vuoksi. Siitä oli tullut jo tapa. Kuin tarkastaisin, etten vain ollut revennyt keskeltä kahtia.

"Sanna hei, etköhän sä ole juonut tarpeeksi."

Kolme silmäparia tarkkaili minua epäluuloisesti. Olin taatusti maailman pitkästyttävintä biletysseuraa. Sini toi nykyään aina jonkun lukuisista kavereistaan mukaan, kun lähdimme ulos. Se oli selvästi saanut tarpeekseen mun puhumattomuudesta kuluneiden viikkojen aikana. Olisi hävettänyt, mutta olin kuluttanut kyseisen tunteen loppuun jo kauan sitten.

Tarkastelin heitä samalla kun he syventyivät takaisin keskusteluunsa. En tuntenut tyttöä nimeltä, enkä miestäkään. Se näytti vähän vanhemmalta kuin me muut. Sini löysi seuraa mistä vain. Kuka tahansa olisi ollut epäsosiaalinen siihen verrattuna.

Olin huomaavinani että se mies tarkasteli mua salaa, mutta taisin nähdä vain omiani.

Sini puhui paljon mutta hyvin vähän asiaa. Jokin sen äänessä ärsytti myös aivan äärettömästi. Laura oli kysäissyt mua mukaan parille, ja olin olettanut tapaavani pari sen hyvännäköistä sinkkukaveria. Todellisuus olikin ollut sitten tämä. Yritin sulkea Sinin kaakatuksen pois korvistani hörppäämällä lasistani. Ei toiminut. En voinut sietää kaakattajia, joten Sini oli ehdottomasti poissa laskuista. En varmasti kestäisi toista iltaa hänen seurassaan.

Olin huomannut hetken tarkkailtuani tätä toista, jota kumpikaan naisista ei ollut esitellyt minulle, että hän eli aivan eri maailmassa kuin me muut. Hän vastasi ainoastaan silloin, kun häntä puhuteltiin nimeltä, mutta muuten vain tuijotti tyhjyyteen. Aloin jo kuvitella mielessäni millaisessa kamalassa onnettomuudessa hän oli mahtanut olla, vai oliko hän kenties sairas jotenkin? Ehkäpä...

Ajatukseni keskeytyivät kun tämä tumma nainen nousi pöydästä ja lähti kävelemään kohti tiskiä. Hän näytti jollain tavalla luotaantyöntävältä. Ei se johtunut hänen ulkonäöstään, hän oli hyvinkin viehättävä nainen. Hänen silmistään se johtui, ne olivat aivan tyhjät. En ollut huomannut koko illan aikana niissä minkäänlaista tunnetta, enkä varsinkaan kiinnostusta ympärillä käytyihin keskusteluihin tai tapahtumiin. Tarkkailin häntä silmänurkastani. Hän näytti haluttomalta palaamaan pöytäämme, enkä voinut syyttää häntä siitä. Sini ja Laura olivat hyvin pinnallisia ja ilkeitäkin, jos heidän keskustelujaan sattui oikeasti kuuntelemaan. Ilkeitä ja pinnallisia inhosin vielä enemmän kuin kaakattajia.

"Mä en vaan jaksa Sannaa enää. Hei get over it, siitä on jo puoli vuotta. Kukaan ei jaksa katella tuollaista murjotusta", Sinin ääni oli kovempi kuin hän oli olettanut, ja Sannaksi kutsuttu tyttö kuuli tämän viimeisen virkkeen palatessaan kohti pöytää. Sini ja Laura olivat selkä tähän tyttöön päin, joten eivät huomanneet tätä sattumaa.

Sanna tuijotti hetken pöytäämme, katseemme kohtasivat ehkä sekunnin sadasosaksi, ja kääntyi sitten kannoillaan. Se näytti siltä, ettei olisi tulossa takaisin. Huokaisin hiljaa itsekseni, ja nyökyttelin myöntävästi jollekin Lauran argumentille. Mieleeni välähtivät ne tyhjät tummat silmät. Jokin siinä tytössä oli niin haavoittuvaa.

Tunnin kuluttua päätin lähteä ulos tupakalle, hermot olivat jostain syystä kireämmällä kuin saapuessani.

Astuessani ulos huomasin pienen tärisevän hahmon hieman kauempana eräässä porttikongissa, ja mun sydän suli.

Mä katsahdin ylös. En tiedä, kauanko olin tärissyt ulkona siinä autiossa porttikongissa, ja missä vaiheessa olin alkanut itkeä hysteerisesti, mutta nyt jokin oli havahduttanut mut. Mies nahkatakissa, se vanhempi mies meidän seurueesta, oli astunut arasti mun viereen. Katsoin ylös sen kasvoihin ja ihmettelin, että mitä se halusi. Olin liian uuvuksissani ja kylmissäni suuttuakseni.

Silti tunsin oloni yllättävän miellyttäväksi. Se tuntematon ei vaikuttanut vaaralliselta, vaan sen silmistä loisti huoli. Vai olinkohan näiden kuukausien aikana unohtanut, miltä toisten tunteet näyttivät.

Se yritti hymyillä mulle vähän ja lähestyi hitaasti, kuin rauhoitellen. Ihan kuin olisin jokin villieläin, joka voi pillastua hetkellä millä tahansa.

"Sanna, onko sulla kylmä?"

Se tiesi mun nimen. Ehkä Sini oli esitellyt mut, mutta olin taas ollut liian omissa ajatuksissani huomatakseni.

"Ehkä vähän." Sain hädin tuskin muodostettua lauseen.

Se vieras riisui nahkatakkinsa ja kietoi sen mun hartioille, ihan kuin aidoissa amerikkalaisissa leffoissa. Pakko myöntää, että takki lämmitti. Hän astui askeleen mun viereen, ja tarttui hiljaa mun käsiin, lämmittäen niitä omillaan.

Meidän kätemme sopivat yhteen.

Ja silloin tunsin sen. Tunsin muutakin kuin kipua ja turtaa. Kipinän jossain syvällä, hyvin syvällä mun kylmässä rinnassa. Tulisin olemaan jälleen onnellinen, en ehkä heti huomenna, en ehkä vielä kuukaudenkaan päästä. Eihän kipinästä saada roviota yhdellä yrittämällä. Pian se päivä silti tulisi.

Tiesin sen, olin vahvempi, olin elossa.

SIIRI ARFFMAN
Sateen synnyttämää rakkautta

Eevillä oli rakkaus ja se rakkaus oli intohimo etsiä rakkautta, niin Eevi sanoi ennen kuin rakastui kunnolla ihmiseen. Eevi oli erilainen kuin muut ihmiset. Hän ei välittänyt politiikasta, hän välitti vain suloisista esineistä ja pinkeistä tyynyliinoista, joihin oli kiva painaa pää nukkumaan mennessä.

Monta kertaa Eevi oli rakkautta etsinytkin ja monta kertaa nauranut "poikien" jutuille, jotka olivat rajoittuneet pissi-kakka-tissi-palli-linjoille, mutta Eevi oli nauranut silti. Eevi kun halusi vain rakastaa ja pojilta hän sai rakkautta.

Tämä tarina kertoo kuitenkin siitä, kuinka Eevi tapasi vihdoin oman rakkaansa. Se oli sateinen päivä (ja hyvin suloinen sellainen, sillä muuten tätä ei olisi tapahtunut), kun Eevi astui ulos keltaiset kumisaappaat jaloissaan ja suuri vaaleanpunakeltainen sateenvarjo päänsä yläpuolella keikkuen. Hän rakasti sadetta hyvin paljon, mutta tällä kertaa taivaalla näkyi kaunis sateenkaari, jonka vuoksi Eevi rakasti tätä sadetta vielä entisestään. Eevi siis astui ulos kerrostalonsa ulko-ovesta ja käveli ensimmäisen lätäkön yli vettä roiskuttaen.

Ja silloin kävikin jotain todella hassua. Eevi tiputti oman avaimensa lammikkoon! Sellaisen avaimen, jonka päässä heilui punainen korkokenkä ja vaaleanpunainen sydän, sen Eevi tipautti taskustaan lammikkoon. Ja voi sitä iloa, minkä hän tunsi kävellessään eteenpäin, kun ei vielä huomannut avaimensa katoamista.

Kävipä silloin niin, että Eevin ohitti hetken kuluttua samaan taloon juuri muuttanut mies. Tämä mies oli kaunis mies, sen Eevi huomasi heti ja leväytti hymyään yhä leveämmäksi miehen tullessa lähemmäs pää hartioiden väliin painettuna (sillä miehellä ei ollut sateenvarjoa, ja hän pelkäsi kastuvansa). Mies katsoi ensin kummissaan ja aivan kauhuissaan Eeviä, hän ei uskonut kenenkään haluavan hymyillä hänelle enää. (Hän nimittäin etsi niin kuumeisesti rakkautta ja oli pettynyt niin monta kertaa, ettei enää uskonut kenenkään hymyilevän hänelle.) Sen jälkeen hänkin hymyili itsekseen (sillä ensi kertaa mies tunsi jotain vatsanpohjassaan), ja kappas, tuntuipa kevät raikkaalta vaaleanpunakeltaisen sateenvarjon jälkeen (sillä keväthän se oli kun Eevi lähti ulos, ja Eevi rakasti myös kevättä).

Niin Eevi ja mies jatkoivat omia taipaleitansa iloisin mielin. Mutta tullessaan kotiaan päin mies oli juuri kiertämässä kirkasvetistä vesilammikkoa, kun hän huomasi siinä jotain varsin kummaa. Mikähän tuo on, tuumi mielessään mies (jonka nimi oli muuten Lauri, veikeä Lauri), ja nosti Eevin hieman märän avaimen kaikkine heiluvine kenkineen ja sydämineen (jotka olivat punasävytteisiä) ylös lammikosta. Tämä veikeä Lauri niin hyväsydämisenä laittoi avaimen taskuunsa ja tuumi laittavansa myöhemmin aulan ilmoitustaululle viestin kadonneesta avaimesta (mutta sitä Lauri ei muistanut koskaan laittaa).

Sillä aikaa oli Eevi jo kävelylenkillään pitkällä ja kurvaili siksi pikkuhiljaa valkoista kotitaloaan kohden. Mutta nytpä ei Eevi pystynyt ajattelemaan kevättä tai sadetta, ei edes sateenkaarta. Eevin mieli oli kokonaan tuossa miehessä (jonka me tunnemme Laurina, mutta jota Eevi ei vielä tiennyt), ja hän ajatteli miehen silmiä, hymykuoppia, niitä Eevi ajatteli. Kotiin päästyään hän huomasi kuitenkin ikäväkseen, että oli hukannut avaimensa. Eevi hätääntyi, hätääntyi niin hirveästi, että käveli takaperin ja etuperin koko kävelemänsä matkan löytääkseen avaimensa. Eihän sitä avainta tietenkään löytynyt, sillä veikeä Lauri oli sen muassaan muualle vienyt.

Silloin Eevi lorautti kyyneleen, ei avaimensa vaan avaimenperiensä vuoksi, sillä hän oli saanut ne ystävättäreltään tuliaisiksi New Yorkista. Hädissään Eevi soitti huoltomiehelle, joka tuli pikimmiten paikalle. Heti Eevi yritti tivata, missä ovat hänen avaimensa, ja hän oli aivan hädissään, kun huoltomies päätään pudistellen kohautteli olkapäitään ja tunki laskun kouraan.

Eevi meni masentuneena asuntoonsa ja painui peiton alle hukkuneen avaimensa takia.

Seuraava päivä oli synkeä, kun vettä tuli kuin hylkeitä, vaikka niitä ei ollutkaan paljon jäljellä maailmassa. Myrsky raivosi, salamat välkkyivät, ja Eevin piti pestä pyykkiä. Siksi hän sitoi hiuksensa nutturalle, otti vara-avaimen ja kantoi pyykkikoppaa käsissään hissin ovelle ja hissin saavuttua hissin sisälle. Kellariin päästyään hän avasi oven, mutta miten kävikään. Eevi kaatoi koppansa nurin! Silloin hänen kyykistyessään lattialle käveli hänen eteensä mies (Lauri oli hänen nimensä, ja tummalla äänellä esitteli itsensä Eeville), ja auttoi ritarillisesti lapomaan rättejä ja riepuja takaisin koppaan. Eevi kiitti, kiitti niin viattomasti kuin pystyi, mutta ei hymyillyt aurinkoisesti. Silloin tuo matalaääninen Lauri kehtasi kysyä (hyväsydäminen kun oli), mikä sievää Eeviä vaivasi (sillä Eevihän oli sievä vaikkakin hyvin erikoisella tavalla). Silloin Eevi murtui! Hän murtui niin, että kyyneleet tulvivat, kertoi että hän murehti avaimiensa perään. Eevi puhua pälätti niin, että Lauri luuli avaimenperän olevan perinnöksi saatua arvokasta tavaraa! Niin kävi Laurin Eeviä sääliksi, niin kävi kyyneleet tuskaisasti Laurin sisukseen, että lohdutteli Eeviä, aivan parhaansa antoi. Siinä se sitten istuivat, he kaksi, Eevi itkien ja Lauri lohduttaen.

Aika kului puolesta tunnista tuntiin, ja Eevin pyykkivuoro peruuntui. Silloin Eevi vihastui omaa herkkyyttään, ja nousi ylös ja pyyhki kyyneleet. Topakasti sanoi, että mitäs avaimenperistä, elämä jatkuu ja minä olen ehjä. Ja sehän se vasta käänne tähän tarinaan olikin! Laurin mieleen palautui kummasti eilinen päivä, eilisen sade, eilisen hymy, eilisen hukkunut avain! Lamppu syttyi Laurin päässä, syttyi hyvin loistamaan ja siksipä hihkaisi hän riemuissaan: "Tulehan kyläilemään, minä tiedän missä perintösi on!" (Sillä Laurihan luuli, että avaimenperä oli hyvinkin arvokas.)

Ja niin siinä kävi, että Eevi meni Laurin luokse, ja Laurin luona oli avaimenperä. Eevi ilostui siitä niin paljon, että syöksyi Laurin syliin (oikein vauhtia otti hän), ja pehmeän suukon suulle maiskautti! Lauri niin häkeltyi, ja perhoset lennähtivät vatsanpohjassa kerran, kahdesti, kunnes Lauri ei voinut olla polvistumatta Eevin eteen. (Sormusta Laurilla ei tietenkään ollut, mutta sen hän ostaisi myöhemmin, kuten Lauri sanoi). Mutta eihän Eevi heti voinut mennä naimisiin, ei, vaan kehotti olemaan hätäilemättä vaikkakin Laurin tyttöystäväksi hyvin mielellään suostui.

Ja parin, kolmen, neljän vuoden kuluttua hääkellot soivat, ja Eevi sanoi Laurille:

"Olet rakkauteni, sinua rakastan", ja Lauri sanoi: "Meille tulee lapsia."

Ja niin Eevi ja Lauri elivät onnellisina elämänsä loppuun asti löydettyään viimein kumpikin oman rakkautensa.